D1932095

All the strangest things are true.

April Genevieve Tucholke hat schon mehrere Romane veröffentlicht, die durchweg von der Kritik gefeiert wurden. Wenn sie nicht gerade schreibt, liebt sie ausgedehnte Waldspaziergänge mit ihren Hunden, das Erforschen von verlassenen Häusern und besondere Kaffeesorten. Sie hat an vielen Orten der Welt gelebt, im Moment wohnt sie mit ihrem Ehemann in Oregon.

Mehr über unsere Bücher, Autoren und Illustratoren auf:
ww.thienemann.de

Tucholke, April Genevieve:
All the strangest things are true.
ISBN 978 3 522 20232 9

Aus dem amerikanischen Englisch von Anne Brauner
Umschlaggestaltung: Formlabor
Innentypografie: Kadja Gericke
Reproduktion: Digitalprint GmbH, Stefan Kessler, Stuttgart
Druck und Bindung: GGP Media GmbH, Pößneck

FSC www.fsc.org
MIX
Papier aus verantwortungsvollen Quellen
FSC® C014496

© 2017 Thienemann in der Thienemann-Esslinger Verlag GmbH, Stuttgart
© 2016 by April Tucholke, Originaltitel: WINK POPPY MIDNIGHT
First published 2016 by Dial Books, an imprint of Penguin Random House LLC, New York
Published by Arrangement with April Genevieve Tucholke
Dieses Werk wurde vermittelt durch die Literarische Agentur Thomas Schlück GmbH, 30827 Garbsen.
Printed in Germany. Alle Rechte für die deutschsprachige Ausgabe vorbehalten.

April Genevieve Tucholke

All the strangest things are true.

Aus dem Amerikanischen von Anne Brauner

THIENEMANN

Für alle Mädchen,
die mit dem Kopf in den Wolken stecken

DU BIST DER HELD DEINER EIGENEN GESCHICHTE.

– Joseph Campbell

Midnight

Nach dem ersten Mal mit Poppy musste ich weinen. Wir waren sechzehn und ich war von klein auf in sie verliebt gewesen, schon als ich noch Monster-Comics las und Zaubertricks übte, weil ich Magier werden wollte.

Angeblich ist man in dem Alter noch zu jung für die wahre Liebe, ich aber nicht. Ich liebte Poppy.

Sie war das Mädchen von nebenan, das vom Fahrrad fiel und sich über die blutigen Knie kaputtlachte. Sie war die Heldin des Wohnviertels, die Hexenverbrennungs-Spiele anzettelte und alle mitmachen ließ. Sie war die Highschool-Queen, die eines Tages im Matheunterricht in Holly Truebloods dichtes weißblondes Haar griff und es direkt über der Kopfhaut abschnitt, während Holly nicht aufhörte zu schreien. Und alles nur, weil irgendwer behauptet hatte, Holly hätte schönere Haare als sie.

Poppy war Poppy.

Nach dem Sex fing ich an zu weinen. Verhalten, nur weil mein Herz so voll war, ein paar Tränchen. Poppy schubste mich runter, stand auf und lachte. Kein nettes Lachen. Nicht etwa: *Wir haben es zusammen getan, wie böse von uns, wie herrlich, ich werde dich ewig lieben, weil wir unser megawichtiges erstes Mal miteinander hatten.* Nein, mit diesem Lachen wollte sie eher sagen: *Wie, das ist alles? Und was gibt es da zu heulen?*

Poppy stieg mit ihren langen weißen Beinen in ihr hellgelbes Kleid wie Milch in schmelzende Butter fließt. Damals war sie noch knochiger und brauchte keinen BH. Sie stand mit dem Gesicht zu mir vor der Lampe und der Lichtstrahl schien direkt durch ihr dünnes Sommerkleid und betonte ihre süßen weiblichen Körperteile auf eine so besondere Weise, dass ich später immer wieder daran denken musste. Es machte mich wahnsinnig.

»Spätestens im Abschlussjahr sieht in der Schule keiner mehr besser aus als du, Midnight.« Poppy stützte sich mit den Ellbogen am Fenstersims ab und blickte in die Dunkelheit. Unsere Hochgebirgsluft war dünn, aber sauber und roch nachts sogar noch besser. Nach Kiefern, Wacholder und Erde. Die nächtlichen Gerüche mischten sich mit Jasminduft, den Poppy aus einem kleinen Glasflakon, den sie aus der Tasche holte, auf ihre Ohrläppchen und Handgelenke tupfte.

»Darum habe ich dich als Ersten rangelassen. Ich hätte es gern mit *ihm* gemacht. Er ist der einzige Junge, den ich jemals lieben werde. Aber du weißt absolut nichts über ihn und ich denke nicht daran, dir irgendetwas über ihn zu verraten.«

Mir blieb das Herz stehen. Dann schlug es weiter. »*Poppy!*« Meine Stimme war schrecklich schwach und zittrig.

Sie tippte mit den Fingern auf das Fenstersims und beachtete mich gar nicht.

Draußen schrie eine Eule.

Poppy warf ihr blondes Haar in der schlaksigen, unbeholfenen Art, die sie damals noch hatte, über die Schulter. Als die Schule wieder anfing, war davon nichts mehr zu merken – im Gegenteil, plötzlich war sie aalglatt, elegant und bewegte sich kalt und präzise.

»Und niemand kann behaupten, ich hätte keinen Geschmack, Midnight Hunt, nicht mal, als ich jung war. Mit achtzehn wirst du so gut aussehen, dass die Mädchen allein bei deinem Anblick dahinschmelzen. Diese langen schwarzen

Wimpern, dein glänzendes braunes Haar und deine blauen, blauen Augen. Aber ich hatte dich als Erste, und du mich auch. Und das war ein kluger Schachzug, von mir jedenfalls. Um nicht zu sagen, *brillant.*«

* * *

Dann folgte ich Poppy ein Jahr lang auf Schritt und Tritt, das Herz voll Poesie, zum Platzen voll Liebe. Ich merkte nie, wie wenig ich ihr in Wirklichkeit bedeutete, egal wie oft ich sie in den Armen hielt, egal wie oft sie mich danach auslachte. Egal wie oft sie sich vor ihren Freunden über mich lustig machte. Egal wie oft ich beteuerte, dass ich sie liebte, und sie es nie zu mir sagte. Kein einziges Mal. Nicht einmal annähernd.

Wink

Jede Geschichte braucht einen Helden.

Das las Mim an dem Tag, an dem Midnight gegenüber einzog, in meinen Teeblättern. Sie beugte sich vor, strich mir die Haare aus dem Gesicht, legte mir die Finger unters Kinn und sagte: »Deine Geschichte fängt gerade erst an und sie beginnt mit dem Jungen, der Kisten in das windschiefe alte Haus auf der anderen Straßenseite schleppt.«

Ich wusste, dass Mim recht hatte, was Midnight anging, weil sie ebenfalls vorausgesagt hatte, dass der große Hahn in jener Nacht einen blutigen Tod sterben würde. Und genau so war es, er wurde vom Fuchs angefallen. Am nächsten Morgen fanden wir ihn, seine Federn waren mit Blut verkrustet, seine kaputten Knochen lagen auf der Erde neben unserer roten Schubkarre, wie in diesem einen Gedicht.

Poppy

Ich verliebte mich an dem Tag in Leaf Bell, als er DeeDee Ruffler die Seele aus dem Leib prügelte.

Sie war die schlimmste Mobberin der Schule und er war der Erste und Einzige, der es mit ihr aufnehmen konnte. Da ich selbst mobbe, hätte man meinen können, dass sie mir leidtat, aber nein. DeeDee war eine gedrungene Unperson aus einem ärmlichen Viertel mit einem abgrundtiefen Hang zur Grausamkeit. Sie hatte einen starken, stumpfsinnigen Körper und ein hässliches rundes Gesicht und eine boshafte kratzige Stimme. Sie hatte zuvor bereits einmal versucht, sich mit Leaf zu schlagen, und ihm alle möglichen Sachen an den Kopf geworfen – er wäre arm, rothaarig, mager, schmutzig, krank –, aber er hatte nur gelacht. Doch an dem Tag, als sie den kleinen Siebtklässler Fleet Park als *jungsgeiles Schlitzauge* beschimpfte, fing Fleet an zu weinen und Leaf flippte aus. Er schlug DeeDee ins Koma, direkt auf den Betonstufen der Schule, auf die er ihren Kopf knallte, während er seine Knie in ihre Brust rammte, dass ihre Titten wackelten. Die ganze Zeit flogen vor den schneebedeckten Bergen im Hintergrund seine roten Haare um seine mageren Schultern.

An dem Tag ging mir das Herz auf und wurde dreimal so groß wie vorher.

Nachdem Leaf ihr den Schädel eingeschlagen hatte, war DeeDee nie mehr dieselbe. In dem Kurs *Bio für moderne Frauen* hatte ich etwas über Lobotomien gelesen und genauso war DeeDee jetzt: teilnahmslos, lethargisch, zu nichts zu gebrauchen.

Leaf bekam keine Probleme wegen dieser Schlägerei, wie ich bekam er überhaupt nie Probleme. Außerdem stand DeeDee allen bis oben, sogar den Lehrern, ja, vor allem den Lehrern. Zu ihnen war sie genauso gemein wie zu allen anderen.

Ich hatte auch etwas Böses an mir, einen Hang zur Grausamkeit. Ich weiß nicht woher, und ich wollte ihn eigentlich auch gar nicht haben, wie große Füße oder mausebraune Haare oder eine Schweinsnase.

Andererseits: scheiß drauf. Wäre ich mit einer Schweinsnase auf die Welt gekommen, dann würde sie *zu mir gehören*, so wie die Grausamkeit und die Gemeinheit.

Leaf war der Erste, der mich durchschaute. Ich sah fantastisch aus, schon als Kind. Wie ein Engel, mit Lippen wie ein Cherub, roten Wangen, feinen Knochen und einem blonden Heiligenschein. Alle liebten mich und ich liebte mich selbst und kam mit allem durch und tat, was ich wollte, während die anderen immer noch das Gefühl hatten, froh sein zu können, dass sie mich kannten.

Kein Mensch denkt von sich selbst, er wäre oberflächlich, da kann man fragen, wen man will, jeder würde es abstreiten. Doch ich bin der lebende Beweis, denn ich weiß, nur weil ich hübsch bin, kann ich mir alles erlauben. Leaf dagegen blickte hinter die hübsche Fassade und durchschaute mich vollkommen.

Ich war vierzehn, als Leaf Bell DeeDee auf der Treppe der

Schule den Schädel einschlug, und fünfzehn, als ich Leaf nach Hause folgte, um ihn auf dem Heuboden zu küssen. Er lachte mir ins Gesicht, sagte, innerlich wäre ich widerwärtig, und ließ mich im Heu sitzen.

Wink

Jede Geschichte braucht einen Schurken.

Der Schurke ist genauso wichtig wie der Held, vielleicht sogar wichtiger. Ich habe viele Bücher gelesen, einige allein, andere habe ich den Waisenkindern vorgelesen. In all diesen Büchern kam ein Schurke vor. Die weiße Hexe. Die böse Hexe. Der Herr mit Haar wie Distelwolle. Bill Sykes. Sauron. Mr Hyde. Mrs Danvers. Jago. Grendel.

Ich brauchte Mims Teeblatt-Orakel nicht, um den Schurken in meiner Geschichte zu erkennen. Die Böse hatte blonde Haare und das Herz des Helden im Ärmel. Sie hatte Zähne und Krallen und eine Silberzunge wie der säuselnde Teufel in *Ash und Grim*.

Midnight

Ich hatte einen älteren Bruder. Er war mein Halbbruder, hieß Alabama (erkläre ich später) und lebte mit meiner Mutter in Lourmarin in Frankreich. Meine Eltern waren nicht geschieden. Sie lebten nur nicht zusammen. Meine Mom schrieb historische Krimis und beschloss vor zwei Jahren auf einmal mitten in einem Schneesturm, dass sie weiter historische Krimis schreiben wollte, aber nicht mehr hier, sondern in Frankreich. Mein Dad zuckte seufzend die Achseln und weg war sie. Alabama nahm sie mit. Er war immer schon ihr Liebling gewesen, wahrscheinlich weil sein Vater ihre große Liebe gewesen war. Alabamas Vater war Muskogee- und Choctaw-Indianer. Er lief fort – nach Alabama, dem Bundesstaat, nicht zu Alabama, der noch gar nicht geboren war. Dann kam *mein* Vater vorbei, mit seinem großen Herzen und einer Schwäche für notleidende Wesen. Er heiratete meine schwangere Mutter und der Rest war Geschichte.

Jedenfalls bis sie sich und meinen Bruder letzten Winter ins Land der Trauben und Käsesorten verfrachtet hatte.

Danach hatte mein Vater das trostlose große Haus mit den drei Schlafzimmern und Bädern, in dem ich aufgewachsen war, verkauft, und war mit mir aufs Land in ein baufälliges knarrendes altes Haus mit fünf Schlafzimmern und einem Bad gezogen.

Fünf Morgen, Obstgarten mit Apfelbäumen, sprudelnder Bach. Gerade rechtzeitig zum Sommer.

Es machte mir nichts aus. Nicht das kleinste bisschen.

Das Haus lag zwei Meilen vor der Stadt Broken Bridge mit ihren viktorianischen Häusern und dem alten Kopfsteinpflaster. Zwei Meilen von den teuren Gourmetrestaurants und den Horden skifahrender Skihaserl im Winter entfernt.

Und zwei gesegnete schöne Meilen von Poppy.

Kein leises Klopfen mehr an meinem Fenster mitten in der Nacht von dem Mädchen drei Häuser weiter. Kein Lachen von Poppy mehr, wenn sie sich über das Sims in mein Bett schwang. Vorbei das Rätselraten, wessen Parfüm ich auf ihrer Bluse roch.

Ich hatte es satt, den Idioten zu spielen. Und dieses alte Haus, das sich zwischen Apfelbäume und Kiefern schmiegte, in dieser schattigen abgelegenen Berggegend war für mich der erste Schritt in die Freiheit.

In die Freiheit von Poppy.

Poppy

Ich hätte Leaf meine Unschuld auf der Stelle in den Schoß geworfen, wenn er darum gebeten hätte, doch da er das niemals getan hat, entschied ich mich eben für Midnight.

Midnight mit seinen großen schwermütigen Augen, dem das Herz aus der Brust hing, Midnight mit seinen Seufzern, seiner Sanftheit und seinen Küssen. Ich hasste ihn dafür, wirklich, hasste ihn echt, hasste, hasste.

Hasste, hasste, hasste, hasste.

Meine Eltern dachten, ich wäre noch Jungfrau. Sie redeten in meiner Gegenwart nie über Sex und weigerten sich, zur Kenntnis zu nehmen, dass ich erwachsen war, nur weil sie ihren dämlichen kleinen Babyengel für immer und ewig behalten wollten. Und das machte mich so wütend wütend *wütend*, die ganze Zeit, die ganze Zeit. Ich trug die kürzesten Röcke, die ich finden konnte, und Tops, die tiefer nicht ausgeschnitten sein konnten. Oh, wie sie sich wanden, mit zuckendem Blick, um irgendetwas an mir zu finden, was nicht sexuell aufgeladen war, damit ihr Bild von mir nicht getrübt wurde.

Meine Eltern schenkten mir weiterhin Puppen, und zwar solche, dir mir ähnlich sahen: blond mit großen Augen und vollem rotem Mund. Jedes Mal wenn ich wieder eine Schachtel auf dem Küchentisch entdeckte, die in pinkfarbenes Geschenkpapier gewickelt und mit meinem Namen versehen war, war mir klar, dass ich spätabends an Midnights Fenster klopfen würde. Klopf, klopf, klopf, damit er mich einließ und ich beweisen konnte, wie wenig engelhaft ich in Wirklichkeit war.

Die meisten Menschen führen ein Leben in stiller Verzweiflung. Das sagte Leaf oft. Es war ein Zitat von einem Bäume umarmenden Hippie, der vor tausend Jahren ein langweiliges Leben im Wald geführt hatte, und Leaf glaubte wahrscheinlich, es würde mir die Augen öffnen und meinen Erkenntnisstand fördern, bis ich einen Kontakt zu meinem Inneren herstellen konnte. Doch das Einzige, was dabei herauskam, war eine große Sehnsucht, mir die Sachen vom Leib zu reißen und schreiend durch die Stadt zu rennen.

Wenn ich tatsächlich ein Leben in Verzweiflung führen sollte, würde es *laut* werden, nicht still.

Wink

Ich behielt den Helden im Auge, während er Kisten in das Haus der alten Lucy Rish trug. Ich stand bereits sehr lange neben einem Apfelbaum, als er mich schließlich wahrnahm. Es war gut, dass ich nicht gesehen wurde, wenn ich es nicht wollte. Leise und unsichtbar zu sein, hatte ich gelernt, als ich *Schleichen und Schatten* las.

Ich hatte meinen Geschwistern *Schleichen und Schatten* nicht gezeigt, weil sie nicht lernen sollten, wie man sich am helllichten Tag versteckt. Noch nicht.

Ich hoffte, dass es dem Helden in seinem neuen Haus gefiel. Lucy hatte keinen Gefallen daran gefunden. Sie war eine boshafte, abergläubische Alte gewesen, die uns als Hexen beschimpft und sich an ihrem Rosenkranz festgehalten hatte, sobald sie uns sah. Wenn die Waisenkinder zu nah an ihrem Rasen spielten, hat sie sie mit Äpfeln beworfen. Ihr Mann war ganz nett gewesen und hatte uns immer von der anderen Straßenseite angelächelt. Doch er ist vor drei Jahren gestorben. Felix glaubt, Lucy hätte ihn vergiftet, aber ich weiß nicht. Alte Leute sterben auch ohne Gift am laufenden Band.

Midnight

Als ich den Kopf hob, stand sie plötzlich unten an der Vordertreppe in einem schmalen grünen Hemd und einem ausgebeulten braunen Overall mit riesigen roten Knöpfen auf den Trägern. Das passte zu einem Kind, aber doch nicht zu einer Siebzehnjährigen. Außerdem war der Overall schmutzig und zu groß für ihren kleinen Körper.

Wink gehörte zu den berüchtigten Bell-Kindern. Keiner wusste, wie viele es wirklich waren, weil immer noch eins auftauchte.

Doch jetzt wohnte ich gegenüber und würde es vielleicht herausfinden. Das könnte mein zweites Ziel in diesem Sommer sein. Ungefähr so:

1. Über Poppy hinwegkommen. Endgültig.

2. Die Bell-Kinder zählen.

In der Grundschule hatte Wink Bell den Spitznamen Wildviech Bell gehabt, weil ihr Haar zottelig und ihre Kleidung stets irgendwie verdreckt waren. *Wildviech* war ein großes Wort für kleine Kinder, was mich in der Rückschau auf den Gedanken bringt, ein verbitterter Lehrer könnte ihr diesen Spitznamen verpasst haben. Manchmal wurde sie immer noch Wildviech genannt, doch das merkte sie anscheinend kaum, geschweige denn, dass es ihr etwas ausmachte.

Alle Bell-Kinder hatten sonderbare Namen, genau wie ich und Alabama, und allein deshalb fühlte ich mich immer schon zu ihnen hingezogen.

Ich nahm die Kiste, die ich gerade schleppte, auf den anderen Arm, und musterte Wink. Ihr rotes Haar lockte sich in langen festen Spiralen über ihren mageren Schultern und sie hatte Sommersprossen auf der Nase, den Wangen und einfach überall. Ihre Augen waren groß und grün, ihr Blick … unschuldig. So sah niemand mehr aus. Jedenfalls niemand in meinem Alter. Unsere Augen wurden erwachsen und hörten auf, an Magie zu glauben. Stattdessen ging es ihnen um Sex. Aber die von Wildviech hatten immer noch diesen verwirrten Glanz von Weite und Umherirren im Zauberwald.

»Du siehst jemandem ähnlich«, sagte Wink.

Als ich die Kiste auf die Veranda stellte, verstand Wink das als Einladung, denn sie ging die Treppe hoch und blieb vor mir stehen. Ihr Kopf reichte kaum an meine Schulter.

»Du siehst jemandem ähnlich«, sagte sie noch einmal.

In der Schule hatte Wink den Ruf, seltsam zu sein. Mehr als das. Wenn jemand einfach nur ein bisschen schräg war, konnte man sich über diese Person lustig machen. Zum Beispiel wenn jemand zu viele *Star-Wars*-Zitate kannte, mit sich selbst redete oder in der Schule bei jeder Gelegenheit Zaubertricks auspackte, weil er oder sie unbedingt Magier sein wollte. Solche Leute konnte man damit aufziehen. Auslachen. Zum Weinen bringen. Wink nicht. Die Mobber hatten bei Wink und ihren Geschwistern schon vor Jahren aufgegeben. Es war unmöglich, die Bells lächerlich zu machen – nichts war ihnen peinlich, absolut gar nichts. Und nichts machte ihnen Angst. Irgendwann wurde es den Mobbern zu langweilig und sie gingen zu leichterer Beute über.

Wink hatte einen älteren Bruder namens Leaf. Er hat letztes Jahr seinen Abschluss gemacht, doch als er noch auf der Schule war, hatten alle, wirklich *alle* Angst vor ihm. Leaf hatte ruhige grüne Augen und dunkelrote Haare, die so glatt waren wie Winks lockig. Er war groß und schlank und man wäre nie darauf gekommen, dass er jemanden zusammenschlagen würde. Doch genau das tat er – die ganze Zeit. Er war so unberechenbar, dass alle, sogar die Lehrer, vor ihm auf der Hut waren.

Die Bell-Kinder galten allgemein als verhext und gestört. Man ließ sie in Ruhe. Und meistens fanden sie das offenbar gut so.

Was wollte Wink dann jetzt auf meiner Veranda von mir? Sie starrte mich an, als wollte sie so schnell nicht wieder weggehen.

Wink steckte die Hand in eine Tasche ihres Overalls. Sie war so tief, dass ihr ganzer Arm darin verschwand, bis sie ein Buch daraus hervorzog. Sie blätterte darin, fand, was sie suchte, und reichte es mir. Das Buch war alt und die Seiten waren brüchig und lose. Wink hatte es bei der Zeichnung eines Jungen aufgeschlagen, der ein Schwert hielt. Der Junge stand auf einem Hügel vor einer finsteren steinernen Burg mit kargen Bergen im Hintergrund. Er sah aus, als würde er auf etwas warten … darauf, dass jemand kam und ihn umbrachte.

»Das ist Dieb«, sagte Wink und zeigte mit einem ihrer kurzen sommersprossigen Finger auf den Jungen. »Er kämpft mit dem Schwert, das sein Vater ihm hinterlassen hat, gegen *Die Gestalt im Abgrund* und tötet sie.« Sie tippte mit der Fingerspitze auf die Buchseite. »Siehst du die braunen Locken? Und die traurigen blauen Augen? Du siehst ihm ähnlich.«

Ich warf noch einen Blick auf die Zeichnung und sah dann wieder Wink an. »Danke«, sagte ich, obwohl nicht klar war, ob sie es als Kompliment gemeint hatte.

Sie nickte ernst und steckte das Buch wieder in die Hosentasche. »Hast du *Die Gestalt im Abgrund* gelesen?«

Ich schüttelte den Kopf.

»Ich habe es den Waisenkindern schon mehrfach vorgelesen. Ich nenne meine Brüder und Schwestern *Waisenkinder*, weil wir so viele sind und keinen Vater mehr haben. Eine Mutter haben wir aber noch, deshalb sind sie keine *richtigen* Waisenkinder, aber sie hat den ganzen Tag zu tun und sagt den Leuten aus Teeblättern und Karten ihr Schicksal voraus. Die meiste Zeit sind wir deshalb uns selbst überlassen.«

Wink schwieg kurz.

»Darum parken so oft fremde Autos in unserer Einfahrt. Ein fremdes Auto bedeutet, dass jemand hier ist, dem sie wahrsagt.«

Wieder schwieg sie. Wink hatte es nicht eilig.

»Mim hat in meinen Teeblättern gelesen, dass du und ich eine gemeinsame Geschichte haben werden. Und da habe ich mich gefragt, ob unsere Geschichte wie *Die Gestalt im Abgrund* werden könnte, weil du Dieb so ähnlich siehst.«

Wink holte tief Luft, atmete aus, steckte die Hände in die

Taschen und sagte nichts mehr. Eine plötzliche Brise wehte ihr dichtes Haar über ihre Schultern. Nach dieser langen Rede schien sie ganz zufrieden damit, dass wir einfach dastanden.

Ich hatte es noch nicht raus, wie ich mit Wink reden sollte. Das würde sich später ergeben. Doch ich fand sie schon irgendwie entspannend. Die Sekunden vergingen und ich lauschte dem Plätschern des Bachs im Apfelbaumgarten und dem Geraschel im Haus, wo mein Vater die Kisten auspackte. Ich spürte, wie meine Schultern nach unten sackten und meine Haltung lockerer wurde. Wenn ich mit Wink zusammen war, fühlte es sich irgendwie so an, wie wenn ich allein war, und damit meine ich nicht *einsam*.

Schließlich begriff ich, dass ich mich mit Wink so wohlfühlte, weil sie mich nicht taxierte. Sie wollte gar nicht wissen, ob ich sexy, cool, lustig oder beliebt war. Sie stand nur vor mir und ließ mich weiter sein, wer ich gerade war. Und das hatte noch niemand mit mir gemacht, außer meinen Eltern und vielleicht noch Alabama.

»Worum geht's denn in dem Buch?«, fragte ich, nachdem mehrere Minuten mit Wind, Locken, dem Overall, Nichtbewertung und sanfter friedlicher Ruhe vergangen waren. »Was passiert mit Dieb?«

»Es gibt ein Monster in Form einer schönen Frau, das Leute umbringt. Kinder, alte Menschen, einfach alle. Sie will das Mädchen töten, das Dieb liebt. Er kämpft gegen das Ungeheuer und er tötet die Frau, weil er der Held ist. Es geht um einen wichtigen Sieg. Und um den Absturz in die Finsternis. Es gibt Hinweise und Rätsel, die man lösen muss, Kraft und Verstand werden auf die Probe gestellt. Es geht um Wiedergutmachung und Konsequenzen und wenn sie nicht gestorben sind, dann leben sie noch heute.«

Ich habe auch viele Bücher gelesen. Mehr als ich irgendwem verraten würde, außer meinem Dad. Vor allem im letzten Jahr habe ich sehr viel gelesen. Tag für Tag schlurfte ich von Kurs zu Kurs, vergraulte meine Freunde mit meinen Stimmungsschwankungen und meinem andauernden Poppy-dies-und-Poppy-das-Geschwafel; es ging nur um meine Liebe, Liebe, Liebe, Liebe, die ganze Zeit ging es nur um meine *Liebe* zu dem blonden Mädchen, das manchmal zwischen zwei Kursen meine Hand hielt oder mich küsste, wenn gerade niemand hinsah, das mich aber meistens, meistens gar nicht beachtete, während ich hinter ihr herlief und ihren Namen rief und sie sich nicht einmal umdrehte.

Doch die Nächte, jene, in denen Poppy nicht an mein Fenster klopfte, gehörten den Büchern. Ich las viel Science-Fiction und wahrscheinlich mehr Drachenfantasy, als mir guttat. Ich verschlang die Klassiker von Dickens über *Farm der Tiere* bis zu *Wo der rote Farn wächst*. Ich las sogar historische Liebesromane, ein paar Krimis und Westernbücher mit Pferden und Pistolen. Es war mir egal, ich las alles. Alabama war der Typ Basketball und Crosscountry, der sich stets irgendwo abstützte, irgendwo runtersprang und bei den Mädchen beliebt war. Ich dagegen war der lesende Bruder, der gern im Fluss schwamm, im Regen wanderte und nachts den Sternenhimmel betrachtete, aber für Gruppensport beim besten Willen nicht zu haben war. Und so schlecht fand ich das alles nicht.

Wink und ich sahen einander weiter durchdringend an. Sie bestimmte die Unterhaltung und ich überließ es ihr, worum es ging. Sie drehte sich um und betrachtete die Bücher in der Kiste, die ich zuletzt in der Hand gehabt hatte. Ich bemerkte die weich gezeichneten Sommersprossen auf der Innenseite ihrer Arme und wie klein ihre Nase war, wie die einer Puppe, ihre kurzen dichten blassroten Wimpern und ihr spitzes Kinn.

Dann kam mein Vater vorbei; er war groß, hatte dichtes braunes Haar, eine Brille mit Drahtgestell und einen lockeren entspannten Gang. Er ging gern Joggen, wenn er nicht las oder seltene Bücher an Kunden in weit entfernten Orten verkaufte, und durch das viele Laufen bewegte er sich wie eine Katze. Er holte eine Lampe aus dem Umzugswagen, kam leise wieder zurück und trug die Lampe ins Haus, ohne unser Schweigen zu stören.

»*Midnight.*«

Eine Mädchenstimme schredderte die luftige Ruhe. Ich riss den Kopf herum.

Poppy.

Sie stand am Waldrand auf der anderen Straßenseite, an einer Ecke der weitläufigen Farm der Bells.

Anscheinend waren zwei Meilen doch nicht weit genug.

Mist.

Poppy ging an der roten Scheune, den vier Nebengebäuden der Bells und ihrem alten Bauernhaus mit dem klapprigen roten Dach und den hohen Fenstern mit schwarzen Fensterläden vorbei, überquerte die Straße, die im Grunde nur aus Schotter und Gras bestand, und schlenderte zwischen unseren vier Bäumen mit hellgrünen Äpfeln auf die Vordertreppe zu. Dann ging sie die Holzstufen hinauf und stellte sich vor Wink, als wäre sie gar nicht da. Sie trug ein weites weißes Kleid, das ihre Figur dennoch derart umschmiegte, dass es *ich war übertrieben teuer* hauchte. Poppy war das verwöhnte Einzelkind zweier Ärzte, die den snowboardenden Promis mit Todessehnsucht, die jeden Winter über Broken Bridge herfielen, das Geld aus der Tasche zogen. Ihr Haus war eins der größten in dieser Gegend, wo ohnehin schon viele Filmstars und alternde Musiker einen Zweitwohnsitz hatten.

Poppy strich sich durchs Haar und lächelte mich an. »Hast du eine Ahnung, wie lange ich gebraucht habe, hierhin zu laufen? Kaum zu glauben, dass ich mir das angetan habe.«

Ich sah sie nicht an. Ich schaute Wink nach, die die Treppe hinunterstieg und wortlos zur Farm zurückging, still wie ein Nickerchen in der Sonne.

»Meine Eltern wollen mir erst ein Auto kaufen, wenn ich mit der Schule fertig bin.« Poppy verzog ihre perfekten Lippen zu einem Schmollmund, ohne Winks Abgang zu bemerken, als wäre sie ein Geist. »Nur weil ich, ohne zu fragen, den neuen Lexus genommen und ihn an die Brücke gesetzt habe. Scheiße. Damit hätten sie doch wohl rechnen müssen.«

Ich schenkte ihr keine Beachtung, sondern blickte an ihr vorbei zum Hof der Bells, abgelenkt von etwas Grünem und Braunem und Rotem, das eine Leiter hinaufstieg, die an der großen Scheune rechts neben dem windschiefen weißen Farmhaus lehnte.

Wink verschwand in der dunklen viereckigen Öffnung des Heubodens.

Ich kannte Wink mein Leben lang, aber genau genommen hatte ich sie gerade erst kennengelernt.

Als Poppy vor meinem Gesicht mit den Fingern schnipste, wandte ich mich wieder ihr zu. Sie sah genervt und schön aus wie immer, aber ausnahmsweise fiel mir das nicht auf. Ich fragte mich, was Wink auf dem Heuboden vorhatte. Vielleicht las sie den Waisenkindern wieder einmal *Die Gestalt im Abgrund* vor.

Ich überlegte, wie es wohl war, neben so einem Mädchen statt neben Poppy zu wohnen.

Plötzlich wünschte ich von ganzem Herzen, ich hätte immer schon in diesem alten Haus gewohnt, gegenüber von Wink und den Waisenkindern.

»Midnight. Midnight. Midnight …«

Poppy sagte immer wieder meinen Namen mit ihrer klebrig süßen Stimme, die mich früher entflammt hatte, mittlerweile jedoch vollkommen kaltließ.

Ich riss mich aus dem friedlichen unwirklichen Gefühl, das Wink über mich verhängt hatte, und konzentrierte mich endlich auf das Mädchen, das vor mir stand.

»Geh nach Hause, Poppy.«

Poppy blinzelte mit ihren harten grauen Augen. In Zeitlupe. Sie spielte mit den teuren Taschen ihres teuren Kleides und lächelte mich an – mit ihrem sanften und traurigen Lächeln, das ohne viel Aufwand ehrlich wirkte. »Mit uns ist es nicht vorbei, Midnight. Mit uns ist es erst vorbei, wenn ich das sage.«

Ich konnte sie nicht einmal ansehen. Das friedliche Wink-Gefühl war nun verflogen, endgültig. Ich war nur wütend. Und melancholisch.

Poppy schmiegte eine Hand an meine Wange. Sie hakte ihre Augen in meine Haut und zog mein Gesicht zu ihrem nach unten wie einen Fisch an der Angel.

Ich wehrte mich. Allerdings nicht so stark, wie ich eigentlich wollte.

Poppy bekam immer, was sie wollte. So war das eben mit Poppy.

Sie gewann. Sie gewann immer.

Poppy

Leaf sprach in der Schule kein Wort oder stand herum und quatschte über Jungskram mit anderen blöden Jungen. Die Bell-Kinder redeten alle nicht, was einer der Gründe war, weshalb sie so seltsam waren. Leaf war unheimlich und still und ruhig und wirkte stets genervt bis wütend. Wenn er nicht genervt oder wütend aussah, dann ausdruckslos und distanziert und weit weg, als würde er um sich herum nichts und niemanden wahrnehmen.

Bridget Rise machte sich noch in die Hose. Mit ihrem älteren Bruder war es genauso gewesen. Das lag anscheinend in der Familie, ein In-die-Hose-machen-Gen wie Kurzsichtigkeit oder trockene Haut oder dünnes Haar, etwas, das durch die Evolution ausgemerzt gehörte, à la Darwin. Zum letzten Mal hatte Bridget sich in der dritten Klasse in der Pause in die Hose gemacht. Einige Kinder sagten, sie wäre eklig, und bewarfen sie mit Erde, kleine Fäuste voll, und die Krumen blieben in ihren Haaren und an ihrem T-Shirt hängen.

Kann schon sein, dass ich mit Erde geworfen oder die anderen auf die Idee gebracht habe. Bridget weinte, schluchzte, schluchzte, und dann war plötzlich Leaf da – wie aus dem Nichts. Er war elf oder zwölf, aber auch damals konnte er bereits richtig sauer werden.

Er hob Bridget auf, mit ihrer nassen Jeans, den Erdkrumen und allem, und trug sie in die Schule.

Dann kam er wieder raus und trat uns in Grund und Boden, alle, die Erde an den Fingern hatten, mich auch. Er drückte mein Gesicht in den Boden, in genau die Erde, mit der ich geworfen hatte, und drohte, mir die Nase zu brechen, wenn ich Bridget noch einmal ärgern würde.

Das meinte er ernst, wir wussten, dass er es ernst meinte. Doch als ich es vergaß und Bridget zwei Wochen später beim Mittagessen *Pissnelke* nannte, kam Leaf nach der Schule zu mir, hob die Hand und schlug zu, ein Schlag – mehr brauchte es nicht, dass ich schielte, als seine Faust mich ins Gesicht traf, krach, knack, Blut, kreisch.

Meine Nase ist deshalb immer noch krumm. Nicht einmal meine Arzteltern konnten sie wieder gerade biegen, jedenfalls nicht perfekt. Midnight behauptete, das würde mich noch schöner machen, ein kleiner Makel, doch er las Gedichte und war weich im Hirn, genau wie im Herzen. Ich hörte ihm schon seit Jahren nicht mehr zu.

An jenem Tag auf dem Heuboden ließ ich mich nicht davon abschrecken, dass Leaf mich auslachte. Ich war verwirrt, weil ich noch nie bei irgendwas verloren hatte, doch die Herausforderung trieb mich an und ich wollte mich endlich mal richtig anstrengen, ausnahmsweise. Jedenfalls war das mein Gefühl, am Anfang.

An meinem sechzehnten Geburtstag ging ich zwischen zwei Kursen zu Leaf und lehnte mich mit durchgedrücktem Rücken an sein Schließfach. Ich hatte meinen kürzesten Rock angezogen, in dem meine Beine ellenlang aussahen; vorgestern auf Zoes Party hatte Briggs bei dem Anblick gesabbert, echt, so sehr, dass er sich den Mund abwischen musste. Meinen BH hatte ich auf dem Bett liegen lassen und ich wusste, dass meine Brustwarzen sich unter dem schwarzen T-Shirt abzeichneten.

»Hi, Leaf«, sagte ich mit der leisen hauchigen Stimme, bei der die Jungen sonst in die Knie gingen.

Er sah mich tatsächlich an. Nicht mit Lust in den Augen, oder mit Verlangen oder Gier. Er sah mich genauso an, wie ich die Musiknerds ansah, wenn sie in ihren Blaskapellenuniformen mit ihren dämlichen glänzenden Instrumenten durch die Gänge marschierten. So wie ich die rückgratlosen Jungen in meinem Kurs ansah, die mich hechelnd anschmachteten und einen auf selbstbewusst machten, mit ihren dürren Ärmchen und mageren Beinchen.

»Hau ab.«

Mehr sagte Leaf nicht. Er stand groß und dünn an seinem Schließfach, mit seinen roten Haaren und es war ihm ganz egal und *hau ab* war alles, was er sagte.

Ich habe nie geweint, nicht einmal als Baby. Meine Eltern meinten, das läge daran, dass ich so ein *süßes Engelchen* war, doch meine Eltern sind bescheuert. Ich habe nie geweint, weil Menschen nur aus zwei Gründen weinen, entweder aus Mitgefühl oder Selbstmitleid, und beides ist mir fremd. Doch wegen dieser beiden Worte *hau ab* musste ich weinen, weinen, weinen.

Wink

Rache.

Gerechtigkeit.

Liebe.

Es gibt drei Geschichten, aus denen alle anderen Geschichten bestehen. Das ist die Dreieinigkeit. Es ist genauso, wie wenn man Suppe für die Waisenkinder kocht. Man fängt mit

Zwiebeln, Sellerie und Möhren an. Die schneidet man klein und kocht sie, bis sie gar sind. Alles was danach kommt, ist zusätzlich. Mit Geschichten ist es genauso.

Ich habe dem Helden von den Waisenkindern und von der *Gestalt im Abgrund* erzählt.

Seine Augen haben mir gefallen.

Midnight

Poppy folgte mir auf den knarrenden Hartholzböden durch unser neues Haus, vorbei an den beliebig abgestellten Möbeln und Kisten, mit der Hand auf dem glatten dunklen Holzgeländer die Treppe hoch und durch den dunklen engen Flur in das letzte Zimmer auf der linken Seite mit der hohen Decke, das ich mir ausgesucht hatte.

Das Bett war noch nicht bezogen, aber die Matratze lag schon auf dem Rahmen. Ich stieg über zwei Kisten und öffnete die vier Fenster auf allen Seiten, deren ausgeblichene gelbe Vorhänge nach Staub rochen.

Ich ging zur Tür zurück und schloss sie. Dad würde mich nicht stören, wenn die Tür zu war. Er respektierte Privatsphären. Für ihn war eine Privatsphäre Gold wert, wie in *Mit Gold nicht aufzuwiegen*. Da er selbst Wert darauf legte, gewährte er sie anderen fraglos und aus freien Stücken.

Die letzten Zentimeter musste ich die Tür praktisch zudrücken, damit sie einrastete. Das Haus lehnte sich irgendwie zur Seite wie eine alte Frau, die die Hand auf die Hüfte stützte, und dadurch war alles schief. Später würde mir das gefallen. Später würde ich das Knarren und Ächzen hören und mich angenommen und getröstet fühlen, als spräche das Haus mit einer eigenen schnaufenden brüchigen Stimme zu mir. Dann wusste ich, wo Dad gerade war, bis in die letzte Ecke, allein aus der Abfolge von knallenden, bebenden und quietschenden Geräuschen, die in einem Echo zu mir hinunterschallten wie der Refrain eines Songs, den ich in- und auswendig konnte.

Doch damals war es einfach nur ein altes Haus, das zwei Meilen von Poppy entfernt auf der anderen Straßenseite vom Hof der Bells lag.

Ich drehte mich um.

Poppy stand im staubigen Sonnenschein meines Zimmers in einem dünnen weißen Sommerkleid und der Haut, in der sie geboren war, mehr nicht.

Wie konnte sich unter einer so weichen, zarten, makellosen Haut wie Poppys ein so schwarzes Herz verstecken? Wie konnte es sein, dass nichts davon zu sehen war, nicht die kleinste Spur?

Ich habe *Das Bildnis des Dorian Gray* gelesen. Verbarg Poppy vielleicht auch ein Selbstporträt auf dem Speicher … ein Gemälde, das alt und böse und hässlich und gammelig wurde, während sie mit rosigen Wangen jung und schön blieb?

Als ich mich seufzend auf die bloße Matratze setzte, krabbelte Poppy auf meinen Schoß. Sie küsste mich auf den Hals und strich mit den Händen über meine Schultern, meine Brust, meinen Bauch, weiter runter runter runter …

»Nein«, flüsterte ich. Noch mal lauter: *»Nein.«*

Ich packte Poppy an den Hüften und setzte sie neben mir auf dem Bett ab. Ihr Kleid war hochgerutscht und sie schlug lächelnd die nackten Beine übereinander, als sie zu mir aufsah. »Also, nie wieder? Das war's? Du ziehst in dieses Rattenloch von einem Farmhaus und schon ist es vorbei?«

Ich sah ihr in die Augen. »Ja.«

Sie lachte. Sie lachte ein hartes, schmieriges und kaltes Lachen, wie wenn man Eis kaute. Dann stand sie auf und ging zu einem der beiden großen Fenster an der Ostseite, die zur Straße und zur Bell-Farm hinausgingen.

»Von nun an wohnst du neben *ihr*.« Poppy warf mir über die Schulter einen gemeinen, verschlagenen Blick zu. »Wildviech. Das wird sicher eine interessante Erfahrung.«

»Nenn sie nicht so.« Ich stand auf und stellte mich neben sie ans Fenster. Ich schaute über die drei Fliederbüsche und den alten Brunnen hinweg, vorbei an dem Seil, das an der uralten Eiche hing, an den Kiefern, den Maisfeldern auf der linken Seite, die an eine benachbarte Farm verpachtet waren, und vorbei am Obstgarten über die Straße.

Unsere Häuser lagen so nah beieinander, dass ich trotz der Schotterstraße dazwischen alles gut erkennen konnte. Ich sah die streunenden Hühner, die einem Hahn nachliefen, zwei Ziegen in einem weißen Gehege, drei Kinder, die mit einem Hund spielten, und ein anderes, das die Leiter der roten Scheune erklomm. Ich hörte Rufen und Lachen und Krähen und Gackern und Bellen. Ich roch sogar das Gingerbread im Ofen – der dunkle, süßwürzige Duft wehte mir über die Straße direkt in die Nase. Winks Welt da drüben erschien mir viel schöner. Viel schöner als mit der scharfen Poppy in diesem leeren fremden Zimmer.

»Wie soll ich sie nicht nennen? *Wildviech*? Immer noch besser als Wink. Wink klingt wie etwas aus einem Kinderbuch. *Und dann ritt Wink auf ihrem rosa Pferd Caramel auf dem Wolkenweg ins Elfenreich.*«

Poppy betrachtete die Farm so eingehend, als hätte sie vergessen, dass ich auch noch da war. »Unglaublich, wie viele Kinder da rumlaufen. Wieso darf Wink so viele Geschwister haben, und ich gar keine? Leaf hat mal gesagt, ich wäre ein besserer Mensch geworden, wenn ich ein oder zwei Geschwister hätte. Er hat gesagt, dann wäre ich nur ›halb so selbstsüchtig‹. Als wäre ich –«

»Leaf?«, fragte ich. »Leaf Bell? Du hast ihn gekannt? In der Schule behaupten sie, er wäre am Amazonas und würde ein Heilmittel gegen Krebs suchen. Angeblich schläft er auf der Erde und isst nur Nüsse und Beeren und spricht die Mura-Sprachen wie ein Eingeborener –«

»Schnauze.« Sie sah wieder mich an. »Halt einfach das Maul, Midnight.«

Sie ging zur Tür, öffnete sie und verschwand.

Kam zurück.

Poppy schmiegte sich an mich und legte zwei Fingerkuppen auf mein Herz. Dann drückte sie zu.

»Du und das Bell-Mädchen … ihr saht gut aus zusammen.«

Ich sagte nichts und wartete auf den Gag.

»Das meine ich ernst, Midnight. Du solltest sie näher kennenlernen.« Dann legte sie die Finger auf meine Wange und strich über mein Kinn hinunter zum Hals. »Wink ist seltsam und still, genau wie du. Ihr solltet Freunde werden.«

Ich zuckte zusammen. »Was hast du vor, Poppy?«

»Nichts. Ich versuche nur, ein besserer Mensch zu werden. Ich finde es langweilig, gemein zu sein, langweilig, langweilig, langweilig. Deshalb will ich mich verbessern. Ich verkuppele dich mit dem seltsamen Mädchen von der anderen Straßenseite. Ich möchte, dass du glücklich wirst.«

»Das stimmt nicht. Du weißt nicht mal, was das Wort bedeutet.«

Doch sie zuckte nur mit den Achseln, lachte und ging.

Poppy

Ich bin vor Jahren einmal zur Bell-Farm geschlichen, um aus dem sicheren Schatten der Bäume zu beobachten, wie es dort zuging. Obwohl ich eine ganze Weile dort stand, blickten sie kein einziges Mal in meine Richtung, keiner von ihnen, als wäre ich unsichtbar, als wäre ich ein Geist.

Ich hatte mir vorgestellt, Leaf zu überrumpeln, um seine Reaktion zu erleben, nur flüchtig, aber so, dass ich Bescheid wüsste. Ich wüsste dann, dass er an mich dachte.

Er war mit Wink und den anderen Geschwistern draußen, wo sie picknickten und unter lautem Johlen und Schreien ein Spiel spielten. In ihrer Gesellschaft war er ganz anders, so anders, vor allem mit seiner hübschen dunkelhaarigen Schwester, mit der er richtig rüpelhaft und laut war, und er lachte die ganze Zeit. Ich hatte ihn noch nie lachen hören, jedenfalls nicht *echt*. Später fühlte ich mich schlecht, weil ich allein im Wald stand, während sie miteinander spielten und lachten, dabei bin ich Poppy, ich fühle mich nie schlecht, und deshalb ging ich nach Hause und tat es nie wieder.

Als ich Leaf zum achten Mal auf den Heuboden folgte, küsste ich ihn aus tiefster Seele, mit allem, was mich ausmachte, den guten und den schlechten Seiten. Ich küsste ihn immer wieder, auf die schmale gerade Nase, die sommersprossigen Wangen, die breiten knochigen Schultern und den harten weißen Brustkorb, doch er sah mich kein einziges Mal mit seinen grünen Augen an. Deshalb zog ich mich aus, weil ich ihn mit meiner verblüffenden Schönheit verblüffen wollte, doch er zuckte nur die Achseln und meinte, seinetwegen könnte ich Helena von Troja aus dem Gesicht geschnitten sein und wäre dennoch die Luft nicht wert, die ich atmete.

Als seine kleine Schwester ihm vom Hof aus etwas zurief, ging er wortlos nach unten. Weinend zog ich mich wieder an, schnell, schnell, sodass das Heu in die Stofffalten geriet und mich auf dem Heimweg kratzte, doch das fühlte sich gut an wie bei den Nonnen und ihren Büßerhemden, eine Geißel auf dem Weg zur Erlösung.

Wink

Als der Held in der Abenddämmerung an unsere alte Fliegengittertür klopfte, dachte ich, er wollte sich wahrsagen lassen wie alle anderen, die zu uns kamen.

Er hatte eine kleine rosafarbene Wildblume in der Hand, die er mir reichte, als ich die Tür öffnete. Da ich nicht wusste, was ich damit anfangen sollte, hielt ich sie in meiner Faust, während er freundlich und ungeschickt aussah wie ein normaler Bauernjunge, bevor das Schicksal zuschlägt und ihn zwingt, sich mit seinem Schwert auf den Weg zu machen.

Ich ließ ihn ins Haus und bevor ich es mir anders überlegen konnte, fragte ich ihn, ob er Lust auf einen Waldspaziergang hätte.

Er schaute durchs Fenster in die untergehende Sonne und sagte dann Ja.

Ich wollte mit ihm den Weg nehmen, der direkt zum Roman-Luck-Haus führte. Das Roman-Luck-Haus steckte voll Schlechtem und Traurigkeit und Unversöhnlichen, doch ich wollte sehen, was passierte.

Während ich mich fertig machte, wartete Midnight in der Küche, umzingelt von den Waisenkindern, die ihn mit Fragen bombardierten, die er nicht beantworten konnte – vor allem, ob er in dem Haus auf der anderen Straßenseite bereits den Geist von Lucy Rish gesehen hatte, und ob sie ihn mit Äpfeln bewarf oder ob sie direkt durch ihre alten Geisterhände fielen. Er lächelte, die Fragen schienen ihm nichts auszumachen.

Ich zog ein grünes Baumwollkleid an, weil die Baumgeister Grün mögen. Es war ein Mädchenkleid von Mim mit einem weißen Gürtel, und es hatte nur ein ganz kleines Loch am Rücken, das kaum zu sehen war.

Ich vergaß, mir die Haare zu bürsten, bevor wir gingen, aber ich dachte daran, meine Arme und meinen Hals mit Puderzucker zu bestäuben. Das zog die Mücken an, aber es war ein stürmischer Abend und ich machte mir darum keine Sorgen. Außerdem nagen die Unversöhnlichen einen an, wenn man ihnen nichts Süßes mitbringt. Süßes lenkt sie ab und dann lassen sie einen in Ruhe. Weitestgehend.

Midnight

Winks Haus war innen so durcheinander und chaotisch, wie man es von einem Haushalt mit so vielen unbeaufsichtigten Hunden und Kindern erwarten würde. Die Küche war ein langer rechteckiger Raum. Auf der hölzernen Anrichte standen Körbe mit braunen Eiern, Schüsseln mit Äpfeln und säckeweise Kartoffeln und Zwiebeln. Töpfe hingen an Haken von der Decke und ein Stapel gefalteter Wäsche lag hinten auf dem Tisch; auf eine eigene unaufgeräumte Weise wirkte alles sauber und ordentlich. Die Wände waren strahlend türkis gestrichen und in der Ecke stand ein funktionierender Holzofen. Es roch überwältigend nach Gingerbread, von dem Winks Mutter mir ein Stück anbot, während ich wartete. Sie war eine gedrungene Frau mit gewaltigen Kurven, wachen grünen Augen und langem rotem Haar ohne eine Spur von Grau, das sie in dicken Zöpfen trug. Sie hatte sie kreuzweise um den Kopf geflochten, was einerseits altmodisch, andererseits kunstvoll und modern wirkte. Dazu trug sie eine schwarze Bluse, einen langen bunten Rock und schwarze Stiefel mit komplizierten Schnürsenkeln. Sie sah aus, wie man sich eine Wahrsagerin vorstellte … aber auch wie eine Mom. Eine Mom, die gerne interessante, coole Sachen trug statt beigefarbene Hosen und pastellfarbene Strickjacken.

Meine Mutter legte ebenfalls Wert auf Kleidung. Die Leute sollten ihr ansehen, dass sie Schriftstellerin war. Sie hatte dichtes braunes Haar und eine große runde Schildpattbrille und kombinierte weite bauschige Sachen mit schlichten braunen Cowboystiefeln. Die Leute starrten sie an, wenn sie einkaufen ging, und sie hatte nichts dagegen. Deshalb fühlte ich mich bei Winks Mutter gleich heimisch.

Der Kuchen war dunkel, beinahe schwarz, und schmeckte nach Ingwer und Sirup. Ich aß ihn an der Arbeitsplatte und während ich dort stand, griffen dauernd klebrige kleine Hände nach oben zum Backblech und der Kuchen verschwand Stück für Stück. Die Waisenkinder bombardierten mich mit Fragen, während sie sich Gingerbread nahmen, so schnell, dass sie meine Antworten nicht abwarteten, als zählten eigentlich nur die Fragen.

Wie heißt du?

Glaubst du an Geister?

Hast du den Geist gesehen, der in deinem Haus lebt?

Wie schnell kannst du rennen?

Hast du schon mal Schreilaufen gespielt?

Hast du einen Hund?

Magst du Segelboote?

Ich versuchte, die Kinder zu zählen. Also, ich zählte sie, aber sie liefen durch die Küche und hatten alle rote Haare und grüne Augen – nur ein dunkelhaariges Mädchen mit braunen Augen nicht, das mir ein niedliches Lächeln schenkte, als es sich noch ein Stück Gingerbread nahm. Schließlich kam ich zu dem Schluss, dass sie mehr oder weniger zu fünft waren. Sie rannten im Kreis um Winks Mutter herum, die nun am Herd Suppe kochte, und rannten weiter, knallten die Fliegengittertür zu, nach draußen, gefolgt von drei lächelnden Hunden, zwei großen Golden Retrievern und einem kleinen weißen Terrier.

Wenn man mein Leben so betrachtete, diese tiefe Stille, erst recht, seit Alabama und meine Mutter in Frankreich waren … hätte man meinen können, dass mich dieses Tohuwabohu fertiggemacht hätte. Das Gegenteil war der Fall: Es gefiel mir.

Dann hörte ich Schritte auf der Treppe und Wink kam zurück; sie trug ein grünes Kleid, das irgendwie altmodisch aussah. Aber was wusste ich schon von Mode? Normalerweise trug ich einfach eine schwarze Hose und ein schwarzes Hemd, wie Alabama. Er zog sich gerne wie Johnny Cash an, beziehungsweise wie ein Revolverheld ohne Revolver, und ich fand, wenn das gut genug für Alabama war, dann war es auch gut genug für mich.

Winks Haar war immer noch wild verzottelt und flog um ihr kleines herzförmiges Gesicht, sodass sie noch kleiner und jünger wirkte. Als sie mich anlächelte, lächelte ich zurück.

»Wie war das Gingerbread?«, fragte sie.

»Lecker!«

»Du hast die Waisenkinder kennengelernt.«

»Ja.«

»Lässt du dir von Mim die Karten legen?«

Ich nickte knapp, das rechnete ich mir hoch an.

Winks Mutter eilte vom Herd herbei und scheuchte mich auf den nächstbesten Stuhl an dem langen Holztisch. Dann holte sie ein abgegriffenes Tarotspiel aus einer verborgenen Tasche an ihrer Hüfte und streckte mir die Karten hin.

»Such dir drei aus.«

Als ich die Karten nahm und auf den Tisch legte, beugten sich Wink und ihre Mutter darüber.

Wink zeigte auf die erste Karte. »*Die Drei der Schwerter.*«

»*Die Drei der Schwerter* ist eine Karte des Verlusts und kaputter Beziehungen«, sagte Mrs Bell. Ihre Stimme war weder verträumt noch geheimnisvoll, sondern praktisch und nüchtern, als redete sie über das Wetter. »Verlorene Dinge werden nicht wiedergefunden. *Die Zwei der Schwerter* ist die Karte schwieriger Entscheidungen, aber *die Drei der Schwerter* …

du hast dich bereits durchgerungen und deine Entscheidung getroffen. Du bist auf dem Weg. Ob es der richtige ist …« Sie zuckte die Achseln.

Wink zeigte auf die beiden anderen Karten.

Ein nackter Mann und eine nackte Frau blickten nach oben zu einem Engel.

Ein König mit Krone in einer Kutsche, die von zwei Pferden gezogen wurde.

»*Der Wagen und die Liebenden.*« Wink lächelte.

»Was hat das zu bedeuten?«, fragte ich, doch Wink hob nur die Schultern und lächelte weiter ihr geheimnisvolles Mona-Lisa-Lächeln.

Vor einigen Jahren hatte meine Mutter einen Krimi mit dem Titel *Mord durch Tarot* geschrieben. Für die Recherche hatte sie mehrere Tarotkartenleger in Seattle besucht. Später hatte sie mir und Alabama erzählt, dass einige von diesen Wahrsagern Scharlatane und andere scharfe Beobachter der menschlichen Natur gewesen waren, aber dass ein paar auch auf unerklärliche und unheimliche Weise genau richtiggelegen hatten. Soweit sie es beurteilen konnte, hatten die guten Wahrsager nichts miteinander gemeinsam. Einige waren alt, andere jung, die einen strahlten energiegeladen, andere waren still und teilnahmslos. Einer hatte sogar das größte Geheimnis meiner Mutter erraten … ein Geheimnis, das sie noch nie jemandem verraten hatte. Als Alabama und ich sie fragten, was für ein Geheimnis das war, hatte sie sich einfach abgewandt und nicht geantwortet.

Nachdem sie mir die Karten gelesen hatte, verlor Mrs Bell das Interesse und ging zum Herd zurück. Wink stand neben meinem Stuhl, ohne etwas zu sagen.

Ich stand auf und nahm ihre Hand. Wir gingen durch die

Küche und die Fliegengittertür, schlugen sie zu, spazierten über den Hof, wo die Hunde fröhlich bellten, und in den tiefen dunklen Wald dem Sonnenuntergang entgegen.

* * *

Eine Meile lang knisternde Kiefernnadeln unter den Schuhen, einbrechende Dunkelheit, große schwarze Bäume, gewundener Waldweg, kühle Nachtluft. In den Bergen wurde es nachts richtig kalt. Sogar im Sommer.

Wink hielt meine Hand und sagte kein Wort.

Poppy hatte mir geraten, Wink näher kennenzulernen. Freunde sollten wir werden. Doch ich befolgte nicht nur ihre Befehle. Ich wollte wirklich nichts lieber tun, als so nebeneinander herzugehen, Schritt für Schritt, mit dem Bell-Mädchen.

Ihre Finger bewegten sich in meiner Hand. Sie drückte fester zu.

»Wink?«

Sie sah mich an.

»Wie ist das so? Wie ist es, wenn man mit einem Haufen Brüder und Schwestern und einer Mutter, die Tarotkarten legt, auf einer Farm groß wird?«

Sie zuckte die Achseln. »Normal.« Sie machte eine kurze Pause. »Ist deine Mutter nicht Schriftstellerin? Wie ist es mit einer Mutter, die sich Geschichten ausdenkt, um Geld zu verdienen?«

Auch ich zuckte mit den Schultern. »Normal.«

Ich ging nicht näher darauf ein und erzählte nicht, dass Mom mit Alabama weggezogen war. Mir war einfach nicht danach, traurig zu werden. Und Wink würde es sicher erraten, wenn sie meine Mutter und meinen Bruder den ganzen Sommer nicht sah.

Als das unheimliche Roman-Luck-Haus mit der Mansarde unterm Spitzdach in Sicht kam, stachen die vier hohen Schornsteine in den dunklen Himmel. Ich blieb stehen und hielt den Atem an.

Vielleicht lag es daran, dass wir mitten im Wald waren, an einem verlassenen Haus mit Bäumen ringsum und niemandem, der einen schreien hören würde – jedenfalls hatte ich auf einmal ein ungutes Gefühl.

Es war sehr dunkel. Dichte, drückende Stille.

Und dann hörte ich jemanden lachen.

Und noch jemanden.

Gedämpfte Stimmen.

Noch mehr Lachen.

Und dann kamen die Flammen. Orangefarben und seidig winkten sie dem Himmel.

Ein Junge trat von einem Holzstapel zurück, lächelnd wie alle Jungen, wenn es ihnen gelang, Feuer zu machen.

Ich schaute mich um.

Mist.

Wir waren geradewegs zu einer von Poppys Partys gegangen.

Poppy-Partys waren leise, geheime Veranstaltungen der Gelben Gefahr und einigen Schleimern. Die Partys fanden immer woanders statt, manchmal auf dem Green William Cemetery oder auf der Hauptstraße eines der verlassenen Goldrausch-Orte in der Nähe, oder am Blue Twist River.

Hin und wieder war ich eingeladen, meistens aber nicht.

Die Gelbe Gefahr war Poppys innerer Kreis – der Name spielt auf Opium an, wegen Poppy, Mohn. Doch alle nannten sie nur die Gelben. Zwei Typen und zwei Mädchen, von denen keiner auch nur halb so böse oder schön war wie sie. Poppy führte die Jungen gern an der Nase herum, schenkte Thomas eine Woche lang ihre volle Aufmerksamkeit, und Briggs in der nächsten. Damit sie ja nicht zur Ruhe kamen. Die Mädchen hießen Buttercup und Zoe und kleideten sich wie Zwillinge, obwohl sie keine waren. Sie trugen stets schwarze Kleider, roten Lippenstift, Ringelsocken und verteilten zwillingsmäßig hinterlistige Blicke. Allerdings war Buttercup groß und hatte lange schwarze Haare, die ihr bis zur Taille reichten, während Zoe klein war und kurze braune Locken hatte. Beide waren hübsch, aber Schwestern dann doch nicht. Ich hatte noch nie im Leben mit ihnen gesprochen. Sie existierten gar nicht. Nicht, wenn Poppy da war.

Poppy.

Die Gelben umgaben sie wie die Strahlen die Sonne. Sie trug kniehohe Stiefel und einen kurzen gelben Glockenrock, der das Nötigste nur knapp bedeckte. Sie hatte sich einen blauen Seidenschal um den schlanken Hals geschlungen und ihre Beine waren lang und so verdammt sahnig, dass mir übel wurde.

Mann, ich hasste sie.

Am liebsten hätte ich Wink geschnappt und wäre zurückgerannt.

Ich verdrängte den Wunsch und ging weiter.

Die Gelben musterten mich mit ihrem gewohnt mitleidigen Blick, doch ich nickte Poppy nur kühl zu und ging mit Wink einfach weiter, als wären wir willkommen. Als wären wir eingeladen.

Das Lagerfeuer spuckte mittlerweile zwei Meter hohe Flammen, die fast an das durchhängende Dach der Vorderveranda reichten, aber eben nur fast. Als wir näher herangingen, knallte die Hitze auf meine Haut. Das fühlte sich gut an. Ich senkte den Blick auf Wink, die sich mit geschlossenen Augen dem Feuer zuwandte.

Ich sah mich nicht nach Poppy und den Gelben um.

Außer ihnen waren noch fünf oder sechs andere aus der Schule da, perfekt gekleidet, mit glänzendem Haar. Solche Möchtegern-Gelbe hatten mich überhaupt nur wahrgenommen, wenn Alabama dabei gewesen war. Damals redeten die Mädchen extra lieb mit mir, um Alabama zu zeigen, wie nett sie zu seinem unbeliebten Bruder sein konnten.

Alle flüsterten nun, statt zu schreien und zu lachen und es gab auch keine Musik. Die Gelben erlaubten es nicht – Poppy wollte, dass es auf ihren Partys ruhig zuging.

Ein Mädchen namens Tonisha verteilte Weckgläser mit schäumendem bernsteinfarbenem Bier, das sie frisch vom Fass ausschenkte. Ich wusste, dass es wahrscheinlich ein mikrogebrautes India Pale Ale war, da die Gelben kein billiges Zeug tranken, doch ich nahm keins, und Wink auch nicht.

Plötzlich frischte es auf und die Blätter rauschten an den Bäumen, wuuusch, alle auf einmal, und davon bekomme ich immer eine Gänsehaut.

Als Wink meine Hand wieder fester drückte, sah ich auf sie hinab.

Der Unterschied zu Poppy war bemerkenswert.

Glattes, blondes, glänzendes Haar.

Rote krause Locken.

Groß, dünn.

Klein, schmal.

Den Körper der einen kannte ich in- und auswendig, jedes Grübchen, jeden Zentimeter, jeden Zeh, jede Rundung.

Die andere hielt meine Hand und das war unsere erste Berührung überhaupt.

Beide Mädchen waren mir ein Rätsel.

»Wink?«

Sie hob den Blick.

»Ich glaube, es gefällt mir, dass ihr Bells unsere neuen Nachbarn seid.«

Sie nickte sehr ernst. »Wir werden dir guttun.«

Da musste ich lächeln.

»Deine Brüder und Schwestern fragen einem ein Loch in den Bauch.«

Sie nickte wieder. »Das tun sie immer bei Leuten, die sie mögen.«

Wir sprachen in kurzen abgehackten Sätzen und das war ganz anders als vorher auf der Treppe vor unserem Haus, als Wink sich entweder niedlich über *Die Gestalt im Abgrund* ausgelassen oder in aller Ruhe dagestanden hatte, mit dem Wind in den Haaren. Ich nahm an, dass sie es schrecklich fand, hier auf Poppys Party. Mir ging es jedenfalls so. Und was sollte daran überhaupt so spaßig sein, wenn man im Dunkeln herumstand und flüsternd Bier trank?

Vielleicht hätte ich doch lieber umkehren und zurückrennen sollen. Aber scheiße, ich wollte schließlich nicht, dass Wink mich für einen Feigling hielt. Ich war lange genug feige gewesen.

»Das ist ein schlechtes Haus«, sagte Wink auf einmal und legte den Kopf in den Nacken, um zu dem durchhängenden Dach hochzuschauen. »Das Roman-Luck-Haus ist nicht *lucky*. Glück kam hier nicht vor.«

Das Roman-Luck-Haus lag eine Meile von der Stadt und eine Meile von der Bell-Farm entfernt, also genau dazwischen.

Es stand seit Jahren leer und Häuser verfielen schnell, wenn sich niemand mehr darum kümmerte. Die Sträucher waren überwuchert, der Rasen voller Tannenzapfen. Die Schotterstraße, die aus der Stadt zum Haus führte, bestand nur aus einem Streifen brauner Kiefernnadeln und Schösslingen, die sich anstrengten, trotz der Dunkelheit zu wachsen.

Ich tat es Wink nach und betrachtete ebenfalls eingehend das Haus. Es war groß und grau und dem Verfall preisgegeben. Die Panoramafenster waren eingeschlagen und ich sah den Schatten des verrottenden Flügels, von dem ich wusste, dass er dort stand. Wir hatten uns alle bereits gründlich im Luck-Haus umgesehen, als wir noch jünger waren. Es galt als Mutprobe, hineinzugehen und die Finger auf die gesprungenen Elfenbeintasten zu legen, die wackelige knarrende Treppe hochzusteigen und sich auf die staubige, von Ratten angenagte Tagesdecke zu legen, die noch auf dem breiten Bett lag.

Es hatte mich überrascht, dass Poppy ausgerechnet hier Party machen wollte. Poppy, die vor nichts Angst hatte … außer dem hier, dem Roman-Luck-Haus. Nicht einmal die Gelben wussten, wie sehr sie diesen Ort hasste. Das wusste nur ich. Im letzten Sommer war ich mit ihr hier gewesen, direkt neben ihr, als sie die Vordertreppe hochgegangen war und sich anschließend wie ein Hund bei einem widerwärtigen Geruch geweigert hatte, das Haus zu betreten. Sie hatte gelacht und behauptet, Geisterhäuser wären blöd. Doch ihre Füße mit den perfekt lackierten Zehennägeln in ihren feinen teuren Sandalen traten nicht über die faulende Schwelle.

Roman Lucks Verschwinden war das größte Rätsel in der Geschichte unserer Stadt. Er hatte als junger, unverheirateter Arzt in dem Krankenhaus gearbeitet, in dem jetzt Poppys Eltern beschäftigt waren. Und als er das herrschaftliche Haus mitten im Wald gekauft und teuer eingerichtet hatte, war man davon ausgegangen, dass er ein hübsches Mädchen heiraten und fortan glücklich dort leben würde. Doch es kam anders. Er wohnte zwei Jahre in dem Haus, ohne eine einzige Party zu geben oder jemanden zum Abendessen einzuladen. Und dann erschien er eines Morgens nicht zur Arbeit. Tage vergingen. Als die Polizei schließlich die Haustür aufbrach, war die Zeit drinnen stehen geblieben, als wäre Roman gerade hinausgegangen, um frische Luft zu schnappen. Eine Kanne mit kaltem Kaffee stand auf dem Tisch neben einem Teller mit einem verschimmelten halb verzehrten Sandwich. Die Milch war im Kühlschrank schlecht geworden, doch das Radio lief noch und spielte traurige alte Delta-Blues-Songs … behauptete jedenfalls die Gerüchteküche.

»Wenn ich dir verraten würde, was aus Roman geworden ist, würdest du mir nicht glauben«, sagte Wink unvermittelt, als könnte sie meine Gedanken lesen. Sie zog die Schultern hoch, bis sie in ihrem wirren Haar verschwanden.

Ich biss an. »Doch, Wink, ich würde dir glauben.«

Wink schüttelte den Kopf, aber sie lächelte.

»Dann lass mich raten. Geister haben den schreienden Roman Luck in die Nacht hinausgejagt und jetzt steckt er irgendwo völlig verrückt im Irrenhaus.«

Sie schüttelte wieder den Kopf. »Das Haus steht unter einem Fluch, aber das ist nicht der Grund für Romans Verschwinden. Manchmal gehen Menschen einfach fort, Midnight. Sie begreifen, dass sie auf dem falschen Weg sind, oder in der falschen Geschichte, und dann hauen sie eben mitten in der Nacht ab.«

Das war die Gelegenheit. Meine Chance zu sagen, dass ich mich mit Ausreißern auskannte, dass meine Mutter mit meinem Bruder fortgegangen war, zwar nicht mitten in der Nacht, aber trotzdem.

Der Augenblick zog sich, zog sich hin und ich ließ ihn vorübergehen …

Wink sah mich forschend an, als wüsste sie ohnehin, was ich dachte. »Mim hat einmal einer uralten Frau die Karten gelegt, die früher in Paris gelebt hatte. Sie hat meiner Mutter erzählt, sie hätte eine Wohnung dort, am rechten Seine-Ufer, komplett mit Möbeln und Kleidern und allem anderen. Seit dem Zweiten Weltkrieg war sie nicht mehr da gewesen. Angeblich hatte sie eines Tages beschlossen, dass sie mit Paris fertig war, und mit dem Krieg, und war nie wieder hingefahren.«

»Ist das wahr, Wink?«

»Natürlich ist das wahr. Alle merkwürdigen Geschichten sind wahr.«

Und dann sagten wir plötzlich nichts mehr. Wir standen nur nebeneinander, ohne etwas zu sagen.

Da war es wieder, das Gefühl von eben, das stille friedliche Gefühl …

Gelächter.

Ich hob den Blick.

Die Gelben starrten uns an, und Poppy auch. Als sie etwas sagte, lachten sie noch mehr. Dann sagte sie es noch mal, lauter.

»Wetten, Wildviech hat Mädchenunterwäsche an? Ich wette, sie trägt immer noch Baumwollunterhosen mit Tupfen oder Schmetterlingen. Was meint ihr, Gelbe? Sollen wir nachsehen?«

»Halt's Maul, Poppy.« Das sollte cool rüberkommen, wie bei Alabama, aber ich hatte es wohl nicht hingekriegt, denn Poppy grinste mich nur lange und genüsslich an.

Ich schaute zu Wink, aber sie wirkte gelassen. Ruhig.

»Schnappt sie euch«, sagte Poppy.

Die Gelben stürzten sich auf uns. Die Jungen hielten meine Arme so fest, dass ich mich nicht rühren konnte. Buttercup und Zoe packten Wink, die nicht vom Fleck wich und nicht einmal mit der Wimper zuckte. Sie stand einfach da und zog ein friedliches Gesicht. Als hätte sie damit gerechnet und wäre einfach froh, es bald hinter sich zu haben.

Die Möchtegern-Gelben rückten näher. Sie warteten ab, was Poppy als Nächstes tun würde. Tonisha und Guillermo und Finn und Della und Sung. Reiche glänzende Haare. Reiche glänzende Kleidung. Reiche glänzende Gesichter.

»Stopp«, sagte ich. »Tu das nicht, Poppy. Bitte.« Diesmal versuchte ich gar nicht erst, wie mein Bruder zu klingen.

Doch sie streckte die Arme vor, packte den Saum von Winks grünem Kleid und riss ihn hoch.

Winks dünne weiße Beine, rote Socken bis zu den knochigen Knien.

Winks Unterhose. Weiß mit kleinen Einhörnern.

Genau wie Poppy es vorausgesagt hatte.

Poppy zeigte mit dem Finger. »Na, was habe ich gesagt?«

Und sie lachte.

Und lachte.

Poppy

Leaf machte seinen Abschluss und zog fort. Ich war sechzehn und nicht sicher, ob ich ein Herz hatte, bis es brach, in Fetzen und Adern und Strömen von Blut. Er verriet mir nicht, wohin er ging, einfach auf und davon. Am Tag nach dem Schulabschluss hatte ich ihn sogar noch gesehen, als er am Ende unserer Straße auf den Bus wartete. Hinter ihm ging die Sonne unter und schien auf die grüne Reisetasche, die er über die Schulter geworfen hatte. Ich hätte glatt vermutet, dass er absichtlich den Bus nahm, wenn ich es sehen musste, doch das hätte bedeutet, dass Leaf an mich gedacht hätte, und ich wusste, dass es nicht so war.

Er nickte mir zu, als er einstieg, mehr nicht, als wäre ich der dämliche Postbote oder ein Fremder auf der Straße. Ich versuchte, ihn einzuholen, ich rannte los, und ich war im Rennen genauso gut wie in allem anderen. Ich strengte mich richtig an, doch die Türen schlossen und der Bus fuhr ab – und seitdem habe ich Leaf nicht mehr gesehen.

Ich hatte mir geschworen, dass ich niemals einem Jungen erlauben würde, mir etwas zu nehmen, mein Herz zu rauben, meinen Verstand, nicht das kleinste bisschen. Das hatte ich mir immer wieder geschworen, seit ich alt genug war, den Unterschied zu erkennen.

Dennoch knallten meine Knie auf den Bürgersteig und ich rastete komplett aus, eine Sekunde, zwei Sekunden, mit hängendem Kopf, tränennassen Augen, doch das konnte jemand sehen. Als ich aufstand, blieben zwei Blutflecken auf dem Bürgersteig zurück, wo ich auf den Knien gelegen hatte.

Ich erwog, Zoe und Buttercup zu suchen und ihnen mein Herz auszuschütten und meine Geheimnisse zu verraten. Ich sah sie in Gedanken vor mir, mit ihren schwarzen Kleidern und den Ringelsöckchen, wie sie meine Schultern tätschelten und anmutig meine neue Verletzlichkeit duldeten, während sie mit jeder Träne, die mir übers Gesicht lief, den Respekt vor mir verloren.

Stattdessen ging ich zu den Hunts und verlor meine Unschuld an Midnight.

Wink

Ich merkte es kaum, als die Wölfin tat, was sie am Roman-Luck-Haus tat. In Gedanken war ich ganz und gar bei den Unversöhnlichen, die mich belästigten, trotz des Zuckers, weshalb ich einen Plan schmiedete, sie ein für alle Mal loszuwerden.

Ich beschloss, Midnight den Heuboden zu zeigen. Auf dem Heuboden spielt sich etwas ab, dort geht die ein oder andere Handlung ihren Gang, und ich wollte, dass sich etwas abspielte und die Handlung in Gang kam.

Midnight

Wink weinte nicht oder so. Keine Ahnung, warum ich das erwartete. Die Bells weinten nie. Das ist auch ein Grund, warum man sie nicht mobben konnte.

Sie war genauso still wie ich, als ich sie nach Hause brachte, doch andererseits war sie den ganzen Abend ziemlich still gewesen. Und ich kannte sie nicht gut genug, um zu wissen, ob sie sonst auch so war. In der Schule sagte sie nicht viel, ich aber auch nicht, und das bewies gar nichts.

»Willst du den Heuboden sehen, Midnight?«

Wir kamen aus dem Wald auf ihre Farm zurück. Zwei Hunde rappelten sich von ihrem Schlafplatz im hohen Gras beim Hühnerstall hoch. Sie schüttelten sich und kamen uns entgegen, um uns zu begrüßen, mit weichen warmen Zungen auf meinen kalten Händen.

»Ja, gerne, Wink.«

Sie lächelte mit leicht geöffneten Lippen und strahlendem Blick. Einfach so. Als hätte sie bereits vergessen, dass jemand ihr Kleid hochgezogen hatte und zehn Mitschüler ihre Einhornunterhose gesehen hatten.

Wie machte sie das? Wie konnte es sein, dass es ihr nichts ausmachte?

Plötzlich hatte ich großen Respekt vor ihr.

Früher hatte ich großen Respekt vor Poppy gehabt. Seit sie vor vielen Jahren am Rand unserer Einfahrt über ihre blutenden Knie gelacht hatte, neben dem kaputten Fahrrad.

Früher.

Winks Farmhaus lag im Dunkeln, es war wohl ungefähr elf Uhr. Bei uns auf der anderen Straßenseite brannte noch Licht, was ganz normal war, weil Dad oft bis tief in die Nacht las und arbeitete.

Wir waren Nachteulen, alle beide. Mom und Alabama dagegen waren Morgenmenschen.

Ich ging zu der Leiter, auf der ich Wink zuvor gesehen hatte, packte eine Strebe und stieg hoch. Für Höhen hatte ich noch nie etwas übrig – das war etwas für meinen Bruder, der gerne zum Klippenspringen an den alpinen See in der Nähe des Kill Devil Park fuhr. Ich hatte noch nie verstanden, warum man für einen guten Sprung sein Leben riskieren sollte.

Höher und höher. Meine Hände waren schwitzig und ich

rutschte mit der Rechten ab. Als ich auf Winks Rotschopf hinunterblickte, der unter mir höher kam, ging es mir sofort wieder gut. Oben stützte ich ein Knie in die viereckige Öffnung, dann das andere, und schon war ich auf dem Heuboden.

Da der Mond wässrig weiß durch die Ritzen zwischen den Brettern schien, konnte ich ganz gut sehen. Wink kroch hinter mir herein, flink und lässig, wie sie es vermutlich schon tausend Mal getan hatte.

Das Heu roch gut, irgendwie süß und trocken wie Sägespäne. Überall in dem großen luftigen Raum mit dem verwinkelten Dach lagen viereckige Heuballen. Die meisten waren an einer Wand gestapelt, doch auf dem Boden lag ebenfalls ein dichter Teppich aus Heu.

Wink hob etwas auf und steckte die freie Hand in ihre Hosentasche. Ich hörte ein Zischen, dann blitzte eine Flamme in der Dunkelheit auf. Wink entzündete die Laterne in ihrer Hand und stellte sie ab. Schatten wuchsen auf dem Heuboden.

»Ist das nicht gefährlich?«, fragte ich. »Eine Laterne in so viel Heu?«

Winks Finger flatterten in einer süßen beschwichtigenden Geste. »Bis jetzt haben wir noch nichts in Brand gesetzt.«

Ich dachte an Mrs Bell, die ihren Kindern freien Lauf ließ, die dennoch alle gesund und munter waren und irgendwie gut gediehen. Mein Vater nahm durchaus freundlichen Anteil an meinem Leben, aber seine Verbotsliste war ellenlang gewesen, als Alabama und ich noch klein waren. Er übernahm die volle Verantwortung dafür, dass wir am Leben blieben, weshalb wir niemals auf dem Troll Lake eislaufen durften, oder schlittenfahren auf dem Alabaster Hill, oder auf einsamen Waldwegen wandern, auf denen möglicherweise Pumas oder Bären lauern könnten. Das störte Alabama mit seinem Hang zur Waghalsigkeit mehr als mich.

Manchmal fragte ich mich, ob meine Mutter Alabama deshalb lieber hatte, weil er gerne etwas riskierte und keiner Gefahr aus dem Weg ging, und weil er cool war und sich um unwichtige Dinge keinen Kopf machte. Alabama hatte die seidenschwarzen Haare, die hohen Wangenknochen und die schmalen schwarzen Augen seines Vaters geerbt. Und obwohl wir ihn nie kennengelernt hatten, fühlte es sich an, als wäre Alabamas Vater cool und wie mein Bruder von einem Todeswunsch erfüllt gewesen.

Wahrscheinlich hatte sich meine Mutter deshalb in ihn verliebt.

»Es ist für die Pferde«, sagte Wink. Sie setzte sich auf einen Haufen dünner gelber Halme, der ungefähr einen halben Meter hoch war, seufzte schwer und sah ... glücklich aus. »Das Heu, meine ich.«

»Ihr habt Pferde?« Ich entdeckte einen kleinen schäbigen Tisch mit zwei niedrigen Hockern im hinteren Teil des Speichers, und überall Spielzeug, Bälle und Puppen, Springseile, ein verstreutes Kartenspiel, Bücher und ein altes Schaukelpferd aus Holz, das keinen Schwanz mehr hatte.

Wink nickte und verschränkte die Arme hinter dem Kopf. »Wir halten sie in einem großen umzäunten Pferch in der Nähe der alten Gold Apple Mine. Mim hat sie einem Mann in Sleepy Peak abgekauft – er meinte, sie wären so alt, dass man nicht mehr auf ihnen reiten könnte. Deshalb lassen wir sie im Sommer einfach wild dort laufen. Ein paar Minengebäude stehen noch, außerdem gibt es einen kleinen Bach, aber keine Straße führt mehr dorthin und da ist kein Mensch. Die Pferde haben das Gebiet übernommen. Im Winter treiben wir sie zusammen und sorgen dafür, dass sie es hier schön warm haben. Mim hat ein Herz für Tiere.«

Ich setzte mich neben Wink und lehnte mich wie sie zurück, indem ich meinen Kopf auf die Arme legte. Ich dachte, das Heu wäre kratzig, aber das war es nicht. »Warum nennst du deine Mutter Mim?«, fragte ich, weil mir das wirklich keine Ruhe ließ.

Wink drehte den Kopf und schmiegte ihre Wange an den Oberarm. Sie zog ihre roten Augenbrauen zusammen. »Wieso, was sagst du denn zu deiner Mutter?«

Ihr Gesicht war einen halben Meter entfernt, doch ihre Haare waren so lang, dass sie zwischen uns lagen und mich am Kinn kitzelten. »Im Moment sage ich gar nichts zu ihr, weil sie vor ein paar Monaten mit meinem großen Bruder Alabama nach Frankreich geflogen ist. Sie schreibt Krimis und plant eine Reihe, die dort spielt, etwas über die Katarer.«

Ich seufzte erleichtert. Es war mir nicht so schwergefallen, wie ich befürchtet hatte.

Außer Wink hatte ich das noch niemandem erzählt.

»Und wann kommt sie wieder?«

Ich zuckte die Achseln. Wink legte eine Hand auf die empfindliche Innenseite meines rechten Handgelenks und schob die Fingerspitzen vor und zurück, zart und sanft, etwa so, wie sie zuvor die Hunde zwischen den Ohren getätschelt hatte. Ihre Hand fühlte sich klein und warm und richtig richtig gut an.

»Und warum heißt du Wink?«, fragte ich aus heiterem Himmel.

Sie starrte mich auf ihre niedliche direkte Weise an. »Keine Ahnung. Warum heißt du Midnight?«

»Meine Mom sagt, weil ich um Mitternacht geboren bin,

Schlag zwölf. Aber mein Dad behauptet, ich wäre in der Morgendämmerung auf die Welt gekommen, als gerade die Sonne aufging. Also weiß ich es ehrlich gesagt auch nicht.«

Wink nickte nur und strich weiter mit den Fingern über mein Handgelenk.

Sie tat es wieder, dieses Nichtreden, von dem mir ganz verträumt und friedlich zumute wurde.

»Es tut mir leid«, sagte ich nach einer Weile. »Es tut mir leid, Wink. Poppy hat dich jetzt auf dem Kieker, und das ist meine Schuld.«

»Das macht nichts«, wisperte Wink. »Sie hat mich nur benutzt, um dich in Verlegenheit zu bringen. Damit du dich wehrlos fühlst.«

Wink. Für ein Mädchen mit einem Verirrt-im-Elfenreich-Blick bekam sie ziemlich viel mit.

»Sie darf nicht gewinnen, Midnight. Du solltest dich nicht blamiert oder wehrlos fühlen. Dann hat sie keine Macht über dich.«

»Leichter gesagt als getan.« Wink hatte eine herzförmige Sommersprosse direkt über der Innenseite ihres linken Ellbogens, die zu ihrem herzförmigen Gesicht passte. Ich wollte sie berühren. Ich wollte meinen prallen Daumen direkt darauf legen.

Sie lächelte mich an, strahlend, bis ihre Ohren elfenhaft aus den Haaren ragten.

»Dann haben eben alle meine Einhornunterhose gesehen, Midnight. Na, und? Sprich es mir nach: *Dann haben eben alle Winks Einhornunterhose gesehen. Wen interessiert das?*«

Ich grinste und sagte: »*Dann haben eben alle Winks Einhornunterhose gesehen. Wen interessiert das?*«

»Geht doch«, sagte sie und lachte und ihr Lachen war laut

und hoch und klimperte wie die Töne auf dem Spielzeugklavier, das ich als Kind hatte. »Wer fragt in hundert Jahren noch nach meiner Einhornwäsche? Wer fragt heute danach? Es gibt wichtigere Dinge auf der Welt.«

»Zum Beispiel?«

»Kämpfe und Kriege. Hoffnungslose Fälle und hoffnungslose Liebe. Ungelöste Rätsel und magische Kreise und ab hier gibt es Drachen. Elfenpfade. Hexen, die Kinder fressen, und Hexen, die Kinder retten. Pulverfässer und Hunde mit Augen wie Untertassen.«

So eine lange Rede hatte sie noch nie gehalten und ihre Stimme wurde immer leiser, bis ihre Worte zum Schluss wie ein Wiegenlied klangen.

»Das ist die Stimme, mit der ich die Waisenkinder einlulle, damit sie schlafen«, erklärte Wink.

»Ich könnte direkt hier im Heu einpennen«, sagte ich und gähnte.

»Midnight?«

»Ja?«

»Was möchtest du werden?«

»Du meinst, was ich später machen will, ob ich wie meine Mom Bücher schreiben oder seltene Ausgaben verkaufen will wie mein Dad?«

»Ja.«

Als der Wind durch die offene Luke auf den Heuboden fuhr, klapperte die Laterne. Die Flamme flackerte und die Schatten zuckten auf dem Speicher in die Höhe.

»Ich möchte Schatzsucher werden.«

Vermutlich hätte ich etwas Realistisches und Normales nehmen sollen. Etwas wie »Profi-Fußballer« oder »Filmregisseur« oder »Privatdetektiv«.

Ich erwartete, dass sie lachte. Poppy hätte gelacht. Doch Wink sah mich nur an.

»Also, ich will keine antiken Dinge entdecken wie zum Beispiel die Bundeslade. Ich möchte Musik entdecken und Kunst. Ich möchte verschollene Bachkompositionen in deutschen Klöstern finden. Ich möchte verlorene Gemälde von Vermeer und Rembrandt finden, und die verschollenen Werke von Shakespeare. Ich will durch Schlösser und Burgen kriechen, Speicher durchsuchen und Keller durchforsten.«

»Darin wärst du bestimmt gut«, sagte Wink.

Da schämte ich mich nicht mehr für dieses Geständnis, kein bisschen, obwohl ich meine Schatzsucherträume außer Alabama noch nie jemandem erzählt hatte.

Wink lächelte mich an und wieder schoben sich ihre Ohren nach oben.

»Und was willst *du* werden?«

Sie summte leise *Hmmm.* »Ich möchte ein Sandmännchen sein. Ich möchte durch Kinderzimmerfenster steigen und ihnen sanft in den Nacken pusten und Sand in die Augen streuen. Ich möchte mir Geschichten ausdenken, sie den Kindern in die Ohren flüstern und ihnen schöne Träume schenken.« Als sie ein- und ausatmete, hoben sich ihre mageren Rippen unter dem komischen grünen Kleid. »Hin und wieder tu ich das schon für die Waisenkinder. Wenn es gewittert und sie sich im Bett herumwälzen. Dann setze ich mich zu ihnen und flüstere, bis sie tief und fest schlafen.«

Sie schaute an die Decke des Heubodens und ich schaute sie an. »Was für Geschichten denkst du dir denn aus?«

»Also, in der einen Geschichte geht es um eine niederträchtige selbstsüchtige junge Hexe, die Grausame Rose heißt. Sie verflucht ein ganzes Dorf, macht alle zu ihren Sklaven und lässt sie wie Marionetten nach ihrer Pfeife tanzen ... alle außer einem dunkelhaarigen Jungen namens Isaac, der ihren Schwachpunkt erkennt und ihr die Macht entreißt.«

»Und was geschieht dann?«, fragte ich schon ganz gespannt. »Was passiert mit Grausame Rose und Isaac?«

Sie neigte den Kopf und sah mir in die Augen. »Sie freunden sich an.« Wink machte eine Pause. »Die Waisenkinder schlafen immer schon ein, bevor die Geschichte zu Ende ist. Aber ich glaube, sie werden Freunde.«

Wir schwiegen eine Zeit lang und ich sog die angenehme Stille in mich auf.

»Wie viele Brüder und Schwestern hast du?«, fragte ich kurz darauf.

Ohne zu antworten, summte Wink wieder ihr *Hmmm.*

»Und was ist mit deinem Vater? Kannst du auch Tarotkarten legen, so wie deine Mutter? Ist dein großer Bruder Leaf wirklich zum Amazonas abgehauen?«

Die Fragen sprudelten aus mir heraus, doch es war mir überhaupt nicht peinlich.

Wink lachte nur, giggel, giggel. Sie starrte an die hohe Speicherdecke, streckte die Arme über den Kopf und seufzte. »Es gibt fünf Waisenkinder«, erklärte sie, »das, was gegangen ist, nicht mitgezählt.«

Später merkte ich, dass es im Grunde unmöglich war, die Wahrheit aus Wink herauszukitzeln, wenn sie nicht damit herausrücken wollte. Mit dieser Antwort musste ich mich begnügen.

In den folgenden Minuten betrachtete ich Winks Profil im Schattenlicht des Heubodens, ihre kleine Puppennase und das spitze Kinn.

Morgens hatte ich noch neben meinem neuen Zuhause

gestanden, auf das Farmhaus auf der anderen Straßenseite geguckt und mich gefragt, ob ich es endlich geschafft hatte, Poppy hinter mir zu lassen.

Und jetzt lag ich hier auf dem Heuboden neben Wink Bell und war so zufrieden wie noch nie seit Mom und Alabama und Frankreich.

»Bist du auf Rache aus?«, fragte Wink plötzlich mit ihrer schläfrigen Stimme. »Du hast *Die Drei der Schwerter* gezogen und das bedeutet, dass du dich für irgendetwas rächen willst. Ich glaube, du willst Poppy bestrafen, so wie Dieb in *Die Gestalt im Abgrund*, als er sie aus der Burg ins Freie gelockt hat, damit er unter blauem Himmel in der Sonne mit ihr kämpfen konnte.«

»Rache an Poppy? Nein. Ich will nur weg von ihr.«

»Aber Helden rächen sich. Das machen sie nun mal.«

»Ich dachte, Helden retten Menschen und führen Geschichten glücklich zu Ende.«

»Stimmt, aber erst kommt die Rache und Schlechtes wird wiedergutgemacht.«

Als Wink sich über mich beugte, dachte ich, sie würde mir etwas ins Ohr flüstern, noch mehr Dinge über Helden und Diebe und Vergeltung und die Grausame Rose und den Jungen …

… deshalb zuckte ich zusammen, als sie ihren Mund auf meinen legte.

Sie hielt kurz still und versuchte es dann noch mal.

Hätte ich darüber nachgedacht, hätte ich angenommen, Wink würde wie ein kleines Mädchen küssen, weil sie irgendwie immer noch so aussah. Niedlich und zart und schüchtern. Zwei unschuldige Küsschen und schnell wieder weg.

Doch ihre Küsse waren … hungrig und erfahren, gekonnt und voller *Begehren*.

Sie packte meine Arme, vergrub die Finger in meinem Haar und zog mich zu sich hinunter, und als meine Lippen ihren Hals berührten, war ihre Haut zuckersüß.

Poppy

Die Gelben hatte ich mir in der zehnten Klasse zugelegt, weil Menschen meines Kalibers ein Gefolge brauchen.

Thomas war die ganze Zeit betroffen und traurig, wegen seiner kaputten Familie und der toten kleinen Schwester, und er gehörte zu den Menschen, die alles sehr tief, wirklich tief empfanden, während Briggs das genaue Gegenteil war, angriffslustig, temperamentvoll und übermütig wie die kratzbürstigen Pomeranzen von gegenüber. Ich machte Thomas und Briggs das ganze Jahr lang komplett verrückt und doch waren sie nur der Zuckerguss auf der Torte, nach Midnight.

Ich war die Mitte, die Sonne, um die sich alle drehten …

Nein, Poppy, du bist nichts. Gar nichts.

Leafs Stimme lauerte in meinem Hinterkopf, in meinem tiefsten Herzen wie ein Wolf im Wald. Vor ihm hatte ich gern damit geprahlt, dass ich vor nichts Angst hatte, doch er wusste Bescheid. Er wusste, dass ich im tiefsten Inneren schreckliche Angst davor habe, alt und hässlich zu werden, und davor, dass mich alles einholt und meine Grausamkeit sich in meinen Falten und Leberflecken bemerkbar machen wird und dass niemand mehr tut, was ich möchte oder mir nicht mehr zuhört oder, was das Schlimmste wäre, dass mich alle vergessen.

Deswegen habe ich vor, wie Marilyn Monroe zu sterben, solange ich noch jung und schön bin, also passt gut auf.

Buttercup war die Tochter eines Kampfkunst-Filmstars, der nie da war. Er hatte sie mit seiner Frau hier in Broken Bridge gelassen und kam nur an den Feiertagen nach Hause. Buttercups Mutter war groß und schön und elegant, mit wehendem schwarzem Haar – wie die Mutter, so die Tochter. Ich war ihr einmal auf dem Bauernmarkt und einmal in der Buchhandlung begegnet, aber ich glaube nicht, dass sie Englisch sprach, jedenfalls nicht gut.

Zoe hatte von den beiden das Sagen, obwohl Buttercup das Reden übernahm. Zoe gefiel es, in der Öffentlichkeit in ihrem Schatten zu stehen, doch insgeheim traf sie die Entscheidungen, sie gab den Ton an – Menschen können einen schon überraschen, wenn man genau hinsieht, was ich selten tue. Zoe hatte eine liebevolle Familie, ihre Eltern hatten Geld und eine liberale Einstellung und ließen sie tun und lassen, was sie wollte. Das ging so weit, dass, falls sie eines Tages sagen würde: *Mom, Dad, ich habe beschlossen, dass ich von nun an eine Banane sein möchte*, ihre Eltern antworten würden: *Dann kaufen wir in der Stadt schon mal gelben Stoff.*

Ich konnte Zoe die meiste Zeit deshalb fast nicht ausstehen, aber manchmal war ich auch ganz hin und weg von ihr, so wie die Menschen die englische Königsfamilie hinreißend finden und der kleinsten glitzernden Information aus ihrem Leben hinterherhecheln wie verhungernde Hunde. Ich sonnte mich in ihrem herrlichen Leben und träumte davon, ein kleines Pixiemädchen mit braunen Locken zu sein und Eltern zu haben, die sich an genau den richtigen Stellen den Teufel um alles scherten.

Eines Tages pausten Zoe, Buttercup und ich Grabsteine auf

dem Green William Cemetery ab, weil sie es gerne wollten und ich damals versuchte, etwas großzügiger zu sein und sie zwischendurch auch mal bestimmen zu lassen. Das Wetter war umgeschlagen und die Sonne verschwunden und Leaf entdeckte mich, als ich zum tausendsten Mal mit meinem Holzkohlestück über den Spruch *Hier ruht in Frieden* fuhr und dunkle Wolken über den Himmel zogen.

Als er sagte, ich solle mitkommen, ließ ich das Pauspapier und den Kohlestift fallen und folgte ihm ohne ein Wort zu Zoe und Buttercup, an die ich keinen Gedanken verschwendete, denn sie existierten schlicht nicht mehr. Wir gingen in den Wald und ich sagte Leaf, dass ich versuchte, ein besserer Mensch zu sein, dass ich gar nicht so schlecht wäre, eigentlich nicht, nicht in meinem tiefsten Inneren. Ich wäre nur schlecht, wenn ich es auch wirklich *wollte*, denn ich könnte auch anders und wäre jederzeit in der Lage, damit aufzuhören. Er lachte und meinte, ich wäre ein hoffnungsloser Fall, ein Trauerspiel. Doch als ich mich an seine knochigen Rippen drängte, drückte er sich ebenfalls an mich. Er legte mir die Hände an die Wangen und den Mund auf die Stirn und hielt mich *und hielt mich und hielt mich*, bis der Himmel aufriss und es schüttete wie aus Eimern.

Damals schwor ich mir, mich zu bessern, mit aller Kraft und von ganzem Herzen, bis es wehtat. Ich wollte netter zu meinen Eltern sein und mich ihrem Wunsch gemäß benehmen, und eine bessere Freundin für Zoe und Buttercup, und aufhören, alle Jungen zu quälen, damit sie es sich überlegen und jemanden finden konnten, der sie wiederliebte. Ich konnte das schaffen, echt jetzt, halt durch, Poppy, halt durch, halt durch.

Meine guten Vorsätze hielten mehrere Stunden, zuweilen sogar ein paar Tage, doch dann war ich wieder wie früher, brutal, brutal, brutal, und ließ mir noch das letzte Fitzelchen davon auf der Zunge zergehen.

Wink

Ich hätte den Helden nicht küssen dürfen. Küssen war für den unmittelbaren Schluss vorgesehen. Nach dem Ungeheuer, nach dem Kampf. Nach dem gläsernen Sarg und dem winzigen Blutstropfen nach dem Nadelstich. Doch Midnight lag im Heu und seine Augen waren traurig und sein Haar lockte sich auf seiner apfelrunden Wange. Ich wollte sein Herz in der Hand halten, in seine Brust greifen und es in den Fingern wiegen wie eins von Nah-Nahs neugeborenen Kätzchen mit den zarten Tigerstreifen und den geschlossenen Augen.

Früher habe ich den Waisenkindern einmal ein Märchen vorgelesen, das *Riese, Herz, Ei* hieß und in dem es um einen Troll ging, der sein Herz in einem Ei in einem fernen See verbarg, damit man ihn nicht töten konnte. Ich wünschte, Midnights Herz wäre weit weg in einem fernen See verborgen. Ich wollte dafür Wache stehen. Ich wollte es mit Zaubersprüchen und gezähmten Drachen beschützen. Ich wollte dafür sorgen, dass es in Sicherheit war bis an das selige Ende.

Leaf sagte, es wäre gefährlich, ein Buch nicht in der richtigen Reihenfolge zu lesen, denn die Dinge wären so angelegt, dass erst eins, dann zwei, drei, vier, fünf kamen. Und wenn es nicht so war und die vier vor der zwei kam, stand die ganze Welt auf dem Kopf und nachts passierten schlimme Dinge.

Was würde nun geschehen, da ich das Ende meiner Geschichte auf den Anfang verlegt hatte? Würde meine Welt auf dem Kopf stehen? Oder Midnights?

Leaf redete nicht, jedenfalls fast nie. Er war wie Pa. Er war wie die große gehörnte Eule mit den blutigen Krallen in *Das Hexenmädchen und der Wolfsjunge*. Er sprach nur selten und wenn, dann hörte man zu.

Leaf hat einmal zu mir gesagt, dass es nicht den geringsten Unterschied zwischen den Märchen der Waisenkinder und der Nase in meinem Gesicht gab, denn beide waren nur so wirklich, wie ich dachte.

Midnight

Sonne im Gesicht.

Die Fenster in meinem alten Zimmer in unserem Stadthaus gingen nach Westen. Deshalb war das Licht selbst bei blauem Himmel stets gedämpft, wenn ich aufwachte.

Doch in mein knarrendes neues Zimmer knallte der Osten durch zwei große Fenster. Ich hob die Hand und spreizte die Finger in dem warmen gelben Sonnenschein, alle in einer Linie, als hätte ich Superkräfte. Als würde ich mit Sonnenlaserstrahlen schießen.

Mein altes Zimmer war mit Teppichboden in gedecktem Grün, weißen Wänden und einem vernünftigen Schrank eingerichtet. In meinem neuen Zimmer stand ein krummer alter Kleiderschrank, der zum Haus dazugehörte, der Kamin funktionierte und dem schiefen Boden aus Hartholz entlockten meine nackten Füße ein hübsches patschendes Geräusch.

Am Vortag hatte ich die verstaubten gelben Gardinen abgenommen und nichts Neues vor die Fenster gehängt. Mein Zimmer bestand deshalb nur aus dem Bett, den unverhängten Fensterscheiben, zwei (vollen) schwarzen Bücherregalen und einer Kommode. Zusätzlich zu dem eben erwähnten Kleiderschrank. Nichts an den Wänden. Ich überlegte, die Karte von Mittelerde übers Bett zu hängen, die Alabama mir zu Weihnachten geschenkt hatte. Mehr aber nicht. Die nackten Wände gefielen mir.

Mom hat immer behauptet, ich wäre ein Minimalist. Alabama dagegen war genauso sammelwütig wie sie und das muffige gemauerte Untergeschoss stand bis oben voller Kisten mit dem gehorteten Zeug der beiden. Ich fragte mich, ob sie je zurückkommen und sie holen würden oder ob sie einfach in Frankreich neue Dinge anhäuften.

Dad schienen die Kisten nichts auszumachen. Wenn es um Mom und Alabama ging, schien ihm nichts viel auszumachen.

Dad liebte meinen Halbbruder genauso wie mich … was mich vielleicht hätte ärgern sollen, weil Alabama schon den Großteil von Moms Liebe bekam, und dann also auch noch die Hälfte von meinem Dad. Stattdessen bewunderte ich meinen Vater für die Fähigkeit, einen Sohn zu lieben, der nicht von ihm war. Ich glaube, das ging Alabama auch so. Er und Mom sahen die meisten Dinge ähnlich, aber Dad … er gab immer nach, selbst wenn er anderer Meinung war.

Früher habe ich Alabama oft erwischt, wenn er in der Tür zu Dads Büro stand und zusah, wie er sich über seine seltenen Bücher beugte. Dann war sein Blick immer so sanft und er lächelte verhalten und das Ganze hatte irgendwie eine schöne Ausstrahlung.

Mein Bruder fehlte mir.

Ich ging zum Fenster, stützte die Hände auf das Sims und atmete die grün duftende Sommerluft ein, das Gras, den Tau und die Kiefern. In der Morgensonne flimmerten die Blätter an den Apfelbäumen wie Sterne.

Das Licht schien auf meine nackte Brust und ich reckte mich ihm entgegen.

Hier draußen auf dem Land gefiel es mir. Es passte besser zu mir als die Stadt.

Drei rothaarige Kinder liefen auf der Farm umher. Die Hunde bellten munter eine braunweiße Ziege an und ein Kind war auf ihren Rücken geklettert, wo es *Tally-ho-billy, tally-ho* grölte ... doch die Ziege beachtete sie alle nicht, sondern blieb einfach stehen und fraß ein paar Wildblumen, die an einer alten roten Wasserpumpe wuchsen.

Wink war nirgends zu sehen.

Ich schloss die Augen. Mit dem Mädchen fühlte ich mich, als würde ich träumen. Am helllichten Tag.

Wahrscheinlich wäre sie wirklich ein gutes Sandmännchen.

Nach dem Knutschen auf dem Heuboden hatte Wink sich an mich geschmiegt, vertrauensvoll und locker, als hätte sie ihr ganzes Leben nichts anderes gemacht. Sie schob ihre dünnen Beine zwischen meine und legte die Hände breit auf meine Brust.

Sie drückte ihr Gesicht so fest an meinen Hals, dass ich den weichen Wimpernschlag spürte.

Vor dem Heuboden hatte ich nur Poppy geküsst. Poppy machte alles fehlerlos, perfekt. Sie wusste genau, wo ihre Lippen hingehörten, und meine auch.

Dennoch waren Poppys Küsse matt und nachgiebig wie Schmetterlingsflügel oder frische Brotkrumen.

Wink dagegen küsste ... tief.

Tief wie ein dunkler, nebliger Waldweg.

Der zu Blut und Liebe und Tod und Ungeheuern führte.

Sie küsste mit *Verlangen.*

Dieses Verlangen kannte ich. Ich hatte mich das ganze Jahr lang nach Poppy verzehrt, so stark, dass ich fürchtete, in Flammen aufzugehen, in einer Art spontaner verzehrender Verbrennung. Doch umgekehrt hatte ich kein Verlangen gespürt.

Ich reckte und streckte mich in der frischen Luft, die durch mein Fenster strömte, und lächelte.

Wer hätte gedacht, dass in einem kleinen rothaarigen Mädchen mit einem rotgeknöpften Overall so viel vorging?

Alabama hatte jede Menge Dates. Mit *richtig* vielen Mädchen. Sie flogen auf ihn wie Bienen auf Honig, wie Kleinkinder auf Pfützen, wie Katzen auf sonnige Fleckchen.

Ich habe ihn einmal gefragt, ob er eine von ihnen besonders gernhatte. Ob ihm eins dieser Mädchen etwas bedeutete. Wir gingen nach einem Horror-Spätfilm nach Hause und ich weiß noch, wie Alabamas Stiefelabsätze auf dem Heimweg zu unserem alten Haus auf dem Kopfsteinpflaster klackerten.

Mein Bruder blieb stehen und sah mich an. Er trug sein Haar stets lang über den Schultern. Manchmal band er es mit einer dünnen Lederschnur zurück, doch nicht an diesem Abend. Es wehte locker im Sommerwind und glänzte im gelben Schein der Straßenlaterne schwarz und blau und wieder schwarz.

»Midnight, kennst du Talley Jasper?«

Klar, Talley Jasper war mir ein Rätsel. Ihre braunen Haare reichten bis zur Taille, sie spielte Cello – ständig schleppte sie das riesige Instrument mit sich herum. Mittags hielt sie sich abseits und las ein Buch, während sie ihren Apfel aß. Ständig aß sie Äpfel. Ihre Eltern leiteten ein überteuertes Modeunternehmen, doch sie benahm sich nie daneben wie die anderen reichen Kinder, die verwöhnt und aggressiv und laut auf Vorrechte pochten. Sie war nett zu unbeliebten Mitschülern und mürrisch zu den beliebten. Einmal hat sie mich freundlich angelächelt, als ich ihr in der Cafeteria aus Versehen auf den Fuß getreten war. »Macht nichts, Midnight«, hatte sie gesagt und war dann weggegangen, während ich mich richtig freute, dass sie meinen Namen kannte.

»Talley hat mehr im Kopf als alle anderen und irgendwann werde ich herausfinden, was genau. In der Zwischenzeit warte ich auf den richtigen Augenblick.«

Wir gingen weiter und bogen in unseren Häuserblock ein. An Poppys großem Haus mit dem perfekten Rasen, den perfekten weißen Säulen und dem perfekten kleinen Pavillon an der Seite ging ich langsamer. Alabama auch.

»Woher weißt du das mit Talley? Wie sieht man so was?«

»Ist so ein Gefühl.« Alabama lächelte. »Außerdem habe ich sie einmal spätabends am Blue Twist River gesehen, in der Biegung am Stadtrand. Sie hat sich umgedreht, gemerkt, dass ich sie beobachte, und dann ...« Alabamas Augen funkelten wie die unserer Mutter, wenn sie über eine neue Idee für ihr Buch redete. »Und dann hat sie mit beiden Händen mein Hemd gepackt, richtig mit Fäusten, sich auf die Zehenspitzen gestellt und mich geküsst. Dabei hat sie kein Wort gesagt. Sie hat immer noch kein Wort mit mir geredet. Einmal bin ich ihr in der Schule im Gang begegnet und habe im Vorbeigehen ihren Arm gestreift. Sie hat den Kopf gehoben und mich angelächelt und ist weitergegangen. Das war's. Also warte ich.«

Alabama lachte leise, cool und träge, und dann rief Mom aus einem der oberen Fenster, er solle hochkommen und ihr bei ihrer Geschichte helfen. Er öffnete die Haustür und ging zu ihr.

Ich war immer noch von Liebe zu Poppy erfüllt, als Alabama mir das über Talley erzählte. Das war im letzten Sommer und ich war in ihr gefangen wie eine weiche weiße Wolke in einem schwarzen Gewitter. Ich hatte keine Ahnung, wovon mein Bruder sprach.

Doch jetzt verstand ich es.

Vermisste Alabama Talley in Frankreich? Wie lange würde er wohl auf sie warten?

* * *

Ich traf meinen Vater in der Mansarde an, in der er sein Büro beziehungsweise seine Bibliothek neu eingerichtet hatte. Das bedeutete, dass er am Vortag unzählige schwere Bücherkisten zwei knarrende Treppen hochgewuchtet hatte.

Dad war ebenfalls ein leidenschaftlicher Sammler, wie Mom und Alabama, doch da es sein Beruf war, war er quasi entschuldigt.

Ich brachte ihm einen Becher Grüntee. Mom und Alabama tranken Kaffee, sonst nichts. Und mein Dad trank Grüntee, sonst nichts. Ich hatte mein Getränk bisher noch nicht gefunden.

Dad trank einen Schluck und lächelte. Er packte alte zerknitterte Bücher und Auktionskataloge aus. Es war unfassbar unordentlich und das machte mich wahnsinnig. Ich stand auf Ordnung.

Wegen der verwinkelten Decke musste mein Vater sich jedes Mal bücken, wenn er in die Ecken des schmalen rechteckigen Raumes ging. Nackte Balken und Staub. Ihm schien es zu gefallen.

Mir fiel auf, dass er sein Hochzeitsfoto auf den antiken

Schreibtisch gestellt hatte. Da mein Vater seine wahren Gefühle über die Abreise meiner Mutter und meines Bruders für sich behielt, suchte ich überall nach Hinweisen.

Ich stützte die Hände auf das polierte Holz und beugte mich vor.

Mein Dad in einem braunen Anzug, mit aufgerissenen Augen wie ein Hirsch im Scheinwerferlicht. Doch meine Mom lächelte auf ihre schöne strahlende Weise, bei der ihre Augen sanft und blinzelig wurden.

Wenn ich hin und wieder dachte, dass ihr Lächeln auf diesem Foto zwar echt, aber auch ein wenig angestrengt wirkte, interpretierte ich das wahrscheinlich nur hinein.

»Und du hast dich gestern mit dem ältesten Mädchen der Bells unterhalten«, sagte Dad, ohne mich anzusehen, denn er hielt den Blick auf das in grünes Leder gebundene Buch gerichtet, das er in der Hand hatte.

»Jep.«

»Ich mag sie«, fügte er hinzu.

Eigentlich wollte er damit sagen: *Ich mag sie lieber als Poppy.*

Mein Dad hatte Poppy in dem Moment durchschaut, als sie zum ersten Mal bei uns war. Wenn er gekonnt hätte, hätte er sie auf die Verbotsliste gesetzt. Doch Eli Hunt respektierte Reife ebenso wie Privatsphäre und erlaubte Alabama und mir, unsere eigenen Regeln aufzustellen, sobald wir sechzehn geworden waren. Was auch immer daraus werden würde, von nun an war ich selbst für mein Leben verantwortlich.

Poppy

Vor einigen Jahren gab es ein schreckliches Gewitter und der Sturm zerstörte Bäume und Häuser und ließ den Blue Twist River über die Ufer treten. Alle waren voll drauf, es war aufregend, Zerstörung ist aufregend, da können sie sagen, was sie wollen. Ich ging zum Fluss, nur um zuzusehen, wie er anschwoll und was er in den rasenden Wogen mitgerissen hatte, Verandamöbel, Spielzeug, tote Tiere.

Ich traf Leaf am Ufer, wo er an einem Baum lehnte, nur wenige Zentimeter von den trübe strudelnden Stromschnellen entfernt. Er war aus dem gleichen blöden Grund dort wie ich.

»Das ist schön«, sagte er, nachdem wir eine Weile im strömenden Regen gestanden und beobachtet hatten, wie eine rote Holztür vorbeitrieb, gefolgt von einem blauen Fahrrad und schwarzen Stiefeln, deren Schuhbänder noch verknotet waren. Zuletzt kam ein kleiner Fuchs, der auf dem Rücken lag, die toten Pfoten auf dem Bauch.

Nachdem Leaf mit dem Bus weggefahren war, ging ich häufig auf den Heuboden. Manchmal waren auch die Bell-Kinder dort, aber wenn niemand da war, stieg ich die Leiter hoch und saß in Ruhe in der Sonne im Heu.

Und jetzt war Midnight direkt gegenüber von ihnen eingezogen. Wahrscheinlich dachte er, es ginge für ihn gesellschaftlich aufwärts und er käme von mir weg, ja, als ob das so leicht wäre, als ob, als ob, warum sind alle in meiner Umgebung so unfassbar blöd? Ich möchte die Menschen wirklich gernhaben, ehrlich, aber sie sind eben alle *blöd*.

Ich hatte bereits vor seinem Umzug in das vermüllte Farmhaus gespürt, dass Midnight von mir abrückte. Und dann erwischte ich ihn, wie er auf der Treppe mit Wildviech redete und total auf sie stand, auf ihre roten Haare und Sommersprossen und Merkwürdigkeit, bis mir schlecht wurde, wenn ich nur daran dachte.

Nun, wenn Midnight mit Wink und ihren Märchen und ihrem Heuboden und der Einhornunterwäsche und ihren Overalls zusammen sein wollte, würde ich ihm zeigen, wer sie war. Ich würde es ihm zeigen, und wie.

Wink

Midnight kam dazu, als ich vorsichtig kleine blaue Eier unter einem unserer hübschen Seidenhühner hervorholte. Ich nahm ihn mit in die Küche und bereitete aus pochierten Eiern Gesichter auf Toast für ihn und die Waisenkinder. Zum Pochieren braucht man einen großen Topf mit kochendem Wasser und das gefiel mir, weil ich mich dann fühlte wie eine Hexe mit einem brodelnden Kessel.

Da Mim in ihrem Wahrsagezimmer war, kochte ich auch Kaffee. Sie hatte etwas dagegen, dass ich Kaffee trank. Angeblich bekam ich davon Albträume. Ich machte keinen Kaffee für die Waisenkinder, nur für Midnight und mich, und wir tranken ihn aus der blauen Tasse mit frischer Sahne und braunem Zucker.

Nach dem, was auf dem Heuboden geschehen war, rückte der Held näher. Und er sah mich auch anders an.

Ich sagte ihm, wie die Waisenkinder hießen, und dann gingen wir in den Garten, um Erdbeeren zu pflücken. Ich zeigte ihm, wie man die nackten Zehen in die schwarze Erde grub. Wir aßen die Beeren reif und saftig und warm von der Sonne wie Laura und Lizzie auf dem Koboldmarkt, *um deinetwillen trotzte ich mutig ihrem Tal, und tapfer ertrug ich der Koboldhändler Qual. Iss mich, trink mich, lieb mich. Held und Wölfin, schaut auf mich. Arm in Arm, eine Warnung auf den Lippen, ein Kribbeln auf den Wangen, mit den Fingerkuppen nippen, und wir gurren und girren.*

Midnight

Der Tag so weit:

Eier holen, Frühstück, Verstecken spielen, Unkraut jäten in dem großen rechteckigen Garten zwischen Haus und Scheune, Stöckchenwerfen mit den Hunden, Mozzarella mit Tomaten von Mim zum Mittagessen mit goldenem Olivenöl und frisch gepflücktem Basilikum, im Stehen um den Küchentisch, eine Schatzkarte von mir für die Waisenkinder, mit der wir alle auf die Weide hinterm Haus zogen, wo wir mit rostigen Spaten Löcher buddelten und Schätze suchten.

Als es in der Sonne zu heiß wurde, ging ich nach Hause, um meine Ausrüstung zu holen. Münzen, Taschentuch, Spielkarten, Ringe. Das alles lag in einer Kiste im Keller. Ich versteckte sie, seit Poppy sie vor einigen Monaten gefunden und mich wochenlang damit aufgezogen hatte. Als ich auf dem Heuboden Wink und den anderen meine Kunststücke vorführte, saßen die Kinder ganz still mit großen Augen da und sagten kein Wort. Wink beobachtete jeden Handgriff und schenkte mir am Schluss ihr strahlendes spitzohriges Lächeln.

Nachdem ich mein Zauberzeug zur Seite gelegt hatte, holte Wink *Die Gestalt im Abgrund* aus ihrer Overalltasche und las daraus vor. Sie saß auf einer alten Decke, die sie über einen Heuhaufen gebreitet hatte, barfuß, im Overall, mit den Waisenkindern und mir. Die Sonne schien tief und diesig durch die Heubodenöffnung. Nur daran konnte ich erkennen, wie spät es war. Die Zeit schien vollkommen stehen geblieben zu sein. Seit meiner Kindheit hatte ich keinen Tag mehr so verträumt und träge verbracht. Und damals hatte ich noch keinen Zeitbegriff.

Winks Fingerspitzen waren immer noch rot von den Erdbeeren und zuckten klein und rosarot, wenn sie umblätterte. Ihre Lippen waren ebenfalls von den Früchten verfärbt und ich sah sie an, während Wink die Worte formte, mit ihrem blutroten Mund.

Bee-Lee schmiegte sich an mich und lehnte den Kopf an meinen Arm.

Die Waisenkinder bestanden aus drei Jungen und zwei Mädchen, die alle rote Haare hatten, nur Bee nicht, ihres war dunkelbraun. Bee war gerade sieben geworden. Das wusste ich, weil es fast das Erste war, was sie zu mir gesagt hatte. Die Zwillinge hießen Hops und Moon, der älteste Junge war Felix und die kleine Peach war die Jüngste. Am wildesten waren die zehnjährigen Zwillinge, die ständig versuchten, einander zu übertrumpfen. Wer konnte am lautesten schreien? Wer reizte die Hunde, bis sie jaulten? Wer konnte dem anderen am meisten Heu ins Hemd stopfen? Peach nahm es mit ihren fünf oder sechs Jahren am ehesten mit den beiden auf, denn sie war genauso laut, ausgelassen und waghalsig. Der vielleicht vierzehnjährige Felix sah seinem großen Bruder Leaf ähnlich und war ruhiger als die anderen, obwohl sein Blick ebenfalls sehr lebhaft war.

Bee-Lee war jetzt schon mein Liebling. Sie war verschmust und niedlich wie der Bichon Frisé, den ich als kleiner Junge hatte. Sie wollte immer ihre Hand in meine schieben oder legte ihren Grübchenarm um meine Taille.

Wink hatte eine wunderbare Vorlesestimme. Fein und bedächtig. Sie las über Dieb, über den Tod seines Vaters, und über die Prophezeiung. Sie las über seine Reise in den Verfluchten Wald, wo er ganz allein war mit einem Bündel Kleidung und dem Schwert, das sein Vater ihm hinterlassen hatte. Sie las vor, dass er gezwungen war zu stehlen, Äpfel aus den Obstgärten und Kuchen vom Fensterbrett, weil er sonst verhungert wäre. Wink las vor, wie er nachts an seinem kleinen Lagerfeuer saß und alte Lieder sang, damit er sich nicht zu einsam fühlte.

In dem Moment, als Mim *Abendessen* rief, las Wink das letzte Wort des fünften Kapitels. Sie steckte das Buch wieder in die Overalltasche und die Waisenkinder sprangen auf und rannten zum Haus. Bee-Lee blickte sich noch einmal um und lächelte mir schüchtern zu, ehe sie die Leiter hinuntersauste.

Ich sah Wink an und sie sah mich an.

»Sollen wir auch was essen?«, fragte ich.

Sie zuckte die Achseln.

Ich rappelte mich auf die Knie, legte die Hand auf ihren Rücken und küsste ihren Bauchnabel durch den Stoff des Overalls. Wink legte die Hände auf meinen Kopf und vergrub ihre erdbeerroten Fingerkuppen in meinem Haar. Dann neigte ich mein Kinn und schmiegte mich mit der Wange an sie.

»Was zum Teufel soll das?«

Ich zuckte zusammen. Wink ließ die Hände sinken. Ich öffnete die Augen und schloss sie wieder. Beim nächsten Blickkontakt ließ ich Wink los und stand auf.

Poppy.

Wink wich zurück und schlich ruhig in den Schatten der Ecke. Poppy beachtete sie gar nicht. Sie trug wieder ein kurzes bauschiges Kleid von der Sorte, die mehr verrieten als verdeckten. Dieses war so grün wie Winks Augen.

»Du warst nicht zu Hause und dein Dad wollte mir nicht verraten, wohin du gegangen bist. Er konnte mich noch nie leiden.« Sie hielt inne und strich ihr Haar glatt, bis ich hinsehen musste. »Hab's dann selbst rausgefunden.«

»Du kannst hier nicht einfach reinkommen«, sagte ich. »Das ist Winks Farm. Du bist hier nicht willkommen, sie will dich hier nicht haben.«

Poppy lachte.

Sie packte mein T-Shirt und riss mich an sich. Dann blickte sie mit zusammengekniffenen Augen an mir vorbei in die Dunkelheit. »Stimmt das, Wildviech? Du willst mich hier nicht haben?«

Wink blieb im Schatten stehen.

Poppy ließ mich los und ging zu ihr. Dann schlang sie ihre Finger um den rechten Träger von Winks Overall und zog sie Schritt für Schritt in das dämmernde Abendlicht in der Mitte des Heubodens. Wink folgte ihr gehorsam wie ein Lamm.

Als Poppy Wink eine lockige Strähne aus dem Gesicht strich, hielt Wink still.

»Glaubst du, Midnight ist ein Prinz, der dich davor rettet, ein Loser zu sein?« Poppy behielt ihre Finger in Winks Gesicht. »Na, denkst du das? Wetten, dass du ihn gestern Abend geküsst hast, nachdem du allen auf der Party deine Einhornunterhose gezeigt hast? Wetten, dass du dich komplett an ihn rangeschmissen hast? Ihr Bells – ihr seid die reinsten Tiere. Dreckig und verrückt nach Sex wie eine Horde stinkender Ziegen.«

»Hör auf, Poppy.«

Ich schrie sie nicht an, ich sagte es nicht einmal besonders laut. Doch sie nahm die Hand aus Winks Gesicht und drehte sich um.

»Beschützt du etwa deine neue kleine Freundin, Midnight? Wow, wirklich reizend von dir.« Sie stützte die Hand in die Hüfte und drehte den Oberkörper, sodass ihr Kleid über ihre Oberschenkel flog, witsch, witsch. »Wie hältst du das nur aus? Wie hältst du es aus, so ein teigiges, sommersprossiges, schmutziges Ding zu küssen? Liegt es an den Hormonen? Oder ist es ein Zugeständnis an das männliche Glied? Soll ich mir Notizen machen? Für eine akademische Studie?«

»Du bist so was von *gemein.*« Das sagte ich leise, richtig leise, doch sie hörte mir zu. »Wieso bist du immer so gemein? Was stimmt mit dir nicht? Warst du von Geburt an so? Manchmal denke ich, du hast ein Loch im Herzen … eins, das wehtut und dich aufheulen lässt wie ein Tier, das mit einem Bein in einer Falle steckt. Ist es das, Poppy? Ist das der Grund?«

Poppy starrte mich nur an. Der Abendwind wehte herein und raschelte im Heu und wir standen einfach nur da.

Sie drehte sich um.

Sie ging zur Leiter.

Sie stieg hinunter.

Sie ging.

Und dann war Wink bei mir und fasste meine Hand. »Komm, wir gehen zum Abendessen«, sagte sie.

Ohne hinzusehen, wusste ich, dass sie lächelte. Ich hörte es an ihrer Stimme, spürte es in ihren Fingern, deren Erdbeerspitzen sie in meine Hand bohrte.

Poppy

»Du glotzt Leaf Bell an. Die ganze Zeit.«

»Die ganze Zeit«, kam das Echo von Zoe, deren dämliche braune Pixielocken bebten, als sie nickte. Sie und Buttercup sahen mich an. Sie wohnten nebeneinander, hatten immer nebeneinander gewohnt. Schon im Kindergarten hatten sie diese unheimliche, unheimliche Zwillingsnummer abgezogen, mit den gleichen Klamotten, und stets die Sätze der anderen wiederholt oder gleich einstimmig gesprochen. Haut und Haar und Augen stimmten überhaupt nicht überein und die eine ist groß und die andere ist klein, aber ich konnte sie trotzdem lange nicht auseinanderhalten. Andererseits habe ich es ehrlich gesagt auch nie ernsthaft probiert.

Die Jungen waren auf der Laufbahn, Leaf vorneweg, immer Erster. Er war der beste Läufer an unserer Schule mit ihren eintausenddreihundert Schülern, nur seinetwegen nahmen wir an landesweiten Wettbewerben teil.

»Leaf ist widerlich.« Buttercup.

»Alle Bells sind widerlich.« Zoe.

»Ist doch so?« Das sagten sie gemeinsam, zwillingsmäßig.

»Schnauze, Buttercup. Schnauze, Zoe.«

In dem Moment lächelten sie sich heimlich wissend an. Ich hätte ihnen das Lächeln am liebsten aus dem Gesicht geschlagen, doch stattdessen warnte ich sie, sollten sie Leafs Namen noch einmal erwähnen, würde ich das Gerücht in die Welt setzen, dass ich sie dabei erwischt hätte, wie sie den neuen scharfen Mathelehrer Mr Dunn auf dem Friedhof am Grabmal der Reddings geküsst hatten, wo man sie wegen des hohen Grases nicht sehen konnte. Eine Lüge überzeugt durch Details, Details sind alles, das wussten Buttercup und Zoe mittlerweile. Ich hatte es ihnen selbst beigebracht.

Und sie erwähnten seinen Namen nie mehr, nicht einmal an dem Tag, als er fortfuhr, nicht einmal, als ich ihnen von Midnight und dem, was ich getan hatte, erzählte.

Als ich Midnight auf dem Heuboden sah, wie er die Wange an Winks Bauch schmiegte, ihre Hände in seinen Haaren … wie er sie ansah … und wie Wildviech auf ihn hinunterblickte … da lief etwas, etwas, das nicht nach Plan lief.

Leaf war weg.

Und jetzt Midnight.

Nicht noch mal. Nicht noch mal, nicht noch mal, nicht noch mal, nicht noch mal.

Wink

Der Held kann zaubern. Nicht richtig, wie Mim und Leaf, sondern diese niedlichen Tricks, die mit wahrer Magie nichts zu tun haben. Er hat sie mir und den Waisenkindern auf dem Heuboden vorgeführt.

Bee-Lee hat ihn beim Abendessen die ganze Zeit angesehen. Bee hat ein weiches Herz, so wie die Todesfee mit den roten Augen in *Die Fee Frömmel und die Mondscheintänzer.* Frömmel suchte auf der ganzen Welt nach ihrem verstorbenen Liebsten und ihr nächtliches Heulen klang wie das Seufzen der Weiden im Wind.

Seit Leaf fort ist, wird er von Bee-Lee schmerzlich vermisst; Felix schenkt ihr nicht die gleiche Aufmerksamkeit – sie sind altersmäßig nicht weit genug auseinander, sagt Mim. Midnight dagegen … als sie ihn so verzückt ansah, hat es ihn überhaupt nicht gestört.

Die Wölfin war wieder auf dem Heuboden, doch Midnight hat sich so verhalten, wie er sollte. Er hat mich verteidigt wie ein Held. Er hat sie vertrieben, zurück in die Dunkelheit.

Nachdem Midnight nach Hause gegangen war, hat Mim wieder aus den Teeblättern meine Zukunft gelesen. Doch sie hat mir nichts verraten.

Midnight

Die Gelben standen in einem Halbkreis und aßen dicke rote Kirschtomaten aus einer braunen Papiertüte.

Ich war mit Wink in die Stadt gefahren, um in die Bibliothek zu gehen, und unsere Rucksäcke waren schwer, weil so viele Bücher darin waren. Wir hatten Olivenöleis an dem kleinen *Salt & Straw*-Stand an der einen und Parmesan-Butter-Popcorn von Johnnys Popcornladen an der anderen Ecke gegessen. Nun dämmerte es und die Schatten wurden länger. Es roch nach Wildblumen und Gras und Schnee. In den Bergen riecht es irgendwie immer nach Schnee. Sogar im Sommer.

Wir gingen unter lautem Klick-und-Klack über das Kopfsteinpflaster der Dickenson Rose Lane, winkten meinem alten Haus zu, beachteten Poppys Villa nicht weiter, tätschelten einen freundlichen Bernhardiner durch einen weißen Zaun und gingen über den Green William Cementary zum Wald.

Die Gelben blockierten den Roman-Luck-Weg. Der Roman-Luck-Weg war die Abkürzung zum Roman-Luck-Haus und zur Farm der Bells und somit der einzige Weg nach Hause, es sei denn, wir wollten einen drei Meilen langen Umweg über die regulären Straßen nehmen. Außerdem war es schon fast dunkel.

Buttercup und Zoe steckten sich gegenseitig Tomaten in den Mund, ihre hellroten Lippen schlossen sich um die hellroten Früchte. Ihre schwarzen Kleider und Ringelsocken standen in hartem Kontrast zu den üppigen Bäumen hinter ihnen. Die Mädchen trugen Rucksäcke in Totenkopfform, obwohl die Schule längst aus war. Buttercup hatte ihr Haar zu einem festen glänzenden Zopf gebunden, während Zoe ihre Locken mit Gel geglättet hatte und damit wie ein Filmstar aus den Dreißigerjahren wirkte. Sie sahen uns schräg von der Seite an und kauten mit Tomatenkernen am Kinn weiter.

Thomas und Briggs standen mit verschränkten Armen auf dem Weg und hatten die Köpfe in entgegengesetzte Richtungen gedreht. Offenbar mit Absicht, wahrscheinlich hatten sie sich um Poppy gestritten. Zum hundertsten Mal.

Buttercup und Zoe schluckten die Tomaten hinunter und sprachen einstimmig. »Hallo, Midnight. Hallo, Wildviech.«

Sie hatten noch nie das Wort an mich gerichtet. Dafür war ich nicht wichtig genug.

Wo war Poppy? Sie hatte sie hier postiert, das war klar – also, wo war sie?

»Wenn ihr weitergehen wollt, müsst ihr einen Test bestehen«, sagte Buttercup und nickte mit ihrem ovalen Gesicht, zack, zack, mit wehendem schwarzem Zopf.

»Ihr müsst einen Test bestehen«, wiederholte Zoe.

Thomas und Briggs starrten uns nur an und aßen weiter Tomaten. Thomas war braun gebrannt und blond und attraktiv auf diese waidwunde traurige Art, die alle Mädchen mögen. Briggs dagegen war schlaksig, lustig und gut in Sport und unfassbar reich. Sie hätten jedes Mädchen haben können, aber sie waren Poppys Schachfiguren, genau wie ich früher.

Ich seufzte. »Wovon redest du, Buttercup?«

»Von einem Kusstest. Ihr müsst einen Kusstest bestehen.« Nick, nick.

»Was ist ein Kusstest?«, fragte Wink leise, die Hände tief in den Taschen.

»Ihr müsst euch küssen und dann müsst ihr beide Poppy küssen und dann stimmen wir ab. Wenn uns gefällt, was wir sehen, dürft ihr in den Wald gehen.« Das kam von Zoe. Sie nahm Buttercups Hand, verschränkte ihre Finger. Dann drehten sie sich mit zwillingshaft boshaftem Lächeln zu uns um.

Briggs warf eine Tomate in die Luft und fing sie in einer perfekten fließenden Bewegung mit dem Mund auf, als wollte er für ein Spitzensportlerfoto posieren. »Ich weiß gar nicht, warum uns das nicht eher eingefallen ist«, sagte er immer noch kauend. »Die Idee ist einfach brillant. Morgen stelle ich mich auf die Blue Twist Bridge und lasse die Leute erst durch, wenn sie sich geküsst haben. Vielleicht nehme ich auch noch Geld dafür.«

»Wie die drei listigen Ziegenböcke«, sagte Wink. Leise.

»Was soll das heißen?« Briggs warf ihr einen scharfen Blick zu. »Willst du behaupten, ich wäre ein Ziegenbock?«

Wink zuckte nur die Achseln. Sie machte einen gelassenen Eindruck.

»Ich bin kein Ziegenbock, Wildviech Bell. *Du* bist hier die Ziege. Oh ja, Poppy hat uns erzählt, dass du mit Midnight auf dem Heuboden wild rumgemacht hast –«

»Das ist ein Märchen.« Thomas trat näher an Wink heran, beinahe beschützend. Und das nervte mich, denn war das nicht eigentlich meine Aufgabe? Andererseits konnte ich es gut verstehen, weil man als Junge so auf Wink reagierte.

»Scheiße, was redest du denn da?« Briggs legte den Kopf schief und blähte die Nasenlöcher.

»*Die drei listigen Ziegenböcke* ist ein Märchen über einen Troll, der unter einer Brücke lebt und jeden auffressen will, der dort vorbeikommt. Die Geschichte kennt wirklich jeder, Briggs.«

»Scheiße, wer liest denn Märchen? Märchen sind was für Babys –«

Poppy kam hinter einem Baum hervor. Passend zu ihren grauen Augen trug sie ein graues Kleid und kniehohe schwarze Stiefel. Sie lächelte das gleiche Grinsekatzenlächeln wie Buttercup und Zoe, doch sie hob beschwichtigend die Hände.

»Ganz ruhig, Leute, ganz ruhig. Sonst streiten wir uns gleich noch so, dass wir es gar nicht merken, wenn die zwei vor unseren Augen davonschleichen, als wären sie die schlauen, raffinierten Helden und wir die einfältigen Schurken in einem Kinderbuch.«

Sie sah mich an. Voller Zorn.

»Aber das lasse ich nicht zu, weil ich sehen will, wie dein kleines Einhornunterwäschemädchen küssen kann, Midnight. Ich will mich vergewissern, ob sie gut genug für dich ist. Die

Gelben werden uns zusehen und mir dann bei der Entscheidung helfen, ob ich es dulden kann, dass mein Ex-Lover mit diesem kleinen sommersprossigen Gör, das nach Stall stinkt, zusammenbleibt.«

Alle Kampftricks, die Alabama mir beigebracht hatte, rasten durch meine Gedanken: *Locker bleiben, Knie beugen, Treten hat nichts mit Feigheit zu tun, bereit machen zum Weglaufen …*

»Fünf gegen zwei, mir doch egal. Das machen wir nicht, Poppy. Sollen mich deine Gelben doch zu Brei schlagen, aber ich zwinge Wink nicht, dich zu küssen.«

Doch plötzlich lag Winks Hand auf meinem Arm und sie bewegte sie auf ihre sanfte eigenartige Weise auf und ab. »Alles halb so schlimm, Midnight, wir machen das jetzt einfach und gehen weiter.« Sie stellte sich auf die Zehenspitzen und legte den Mund an mein Ohr. »Die wollen doch, dass du dich wehrst. Gib ihnen nicht, was sie wollen. Lass uns mitspielen und so tun, als wäre es uns egal.«

Sie kam wieder auf die Füße, drehte sich um, ging zu Poppy und legte ihr die sommersprossigen Hände auf die Wangen. Dann strich sie mit den Daumen über Poppys geschwungene blonde Augenbrauen, zog ihr Gesicht zu sich herunter …

Und küsste sie.

Niemand hatte Poppy jemals überrumpelt. Noch nie.

Eine Sekunde … zwei …

Doch dann entspannte Poppy die Schultern, sie schloss die Augen …

Ihr Mund bewegte sich unter Winks Lippen …

Der Kuss dauerte. Immer länger. Sanft und bedächtig und Lippen und Mädchen, Mädchen, Mädchen.

Thomas und Briggs hörten auf, Tomaten zu essen und sahen auf einmal eingeschnappt und aggressiv aus. Als sie sich vorbeugten, berührten sich beinahe ihre Schultern.

… der Kuss …

Buttercup und Zoe hielten sich an den Händen und glotzten. Zoes Mund war leicht geöffnet.

… der Kuss …

Die Dämmerung leuchtete mittlerweile in einem unheimlichen trüben Blau, der Wald war dunkel geworden und wir hatten Mim versprochen, vor einer Stunde wieder zu Hause zu sein.

… der Kuss …

Wink löste sich von Poppy. Einfach so. Zack. Sie steckte die Hände wieder in die Taschen und kam zu mir zurück.

»Du bist dran«, sagte Wink und strahlte mich mit ihrem spitzohrigen Lächeln an.

Ich tat es nicht. Stattdessen nahm ich einfach Winks Hand und ging ohne ein Wort an der perplexen Poppy und den perplexen Gelben vorbei in den dämmerdunklen Wald.

Keiner versuchte uns aufzuhalten. Keiner sagte irgendetwas, außer Poppy, die meinen Namen rief, nur einmal. Doch ich drehte mich nicht um.

Poppy

Dieser freche freche freche kleine Rotschopf.

Das Ganze lief ein wenig aus dem Ruder, aber ich wusste, es würde gut gehen, schließlich bin ich Poppy, verdammt. Ich gebe nie auf, niemals, dazu bin ich nicht geboren.

Ich befahl Briggs, um Mitternacht in unseren Hinterhof zu kommen und mich bei den Fliederbüschen zu treffen, und dann befahl ich Thomas, um elf in mein Zimmer zu kommen, wo wir fast nackt waren, als Briggs uns – wie geplant – erwischte. Thomas streichelte gerade meinen nackten Rücken und ich hatte das Gesicht in seinen blonden Haaren vergraben und presste die Knie gegen seine Hüftknochen, wie er es am liebsten hatte.

Thomas' kleine Schwester ist gestorben, sie ist im Blue Twist River ertrunken, als sie acht Jahre alt war. Thomas sollte auf sie aufpassen, als es passiert ist. Der Vater ist durchgedreht, jetzt ist er in einer Anstalt und angeblich eine Gefahr für sich und andere, und Thomas, oh, der ist so traurig und macht sich unendlich große Sorgen, wenn ich am Fluss abhänge, Sorgen, dass ich reinfalle und im Nu untergehe, wie seine tote kleine Schwester, und ich mag seine Traurigkeit, wirklich, aber es reicht nicht, es reicht nicht, um mich abzuhalten.

Briggs schwor Thomas ewige Rache wie eine Romanfigur und ich musste laut lachen. Dann habe ich sie gefragt, ob sie sich bei Sonnenaufgang duellieren würden, weil ich gerne wetten würde, wer wen umbringt … doch dann wurde Briggs wütend auf mich und *mein Gott*, hatte ich sie beide um den Finger gewickelt, sie machten es mir wirklich *zu leicht*. Briggs meinte, ich würde schon noch bekommen, was ich verdiente, ich würde sie beide an der Nase herumführen und ihre Freundschaft in Schutt und Asche legen, äußerst theatralisch, vor allem für Briggs, und das war alles dermaßen perfekt, besser hätte ich es mir nicht einmal von einer Sternschnuppe wünschen können.

Schließlich fing Thomas an zu weinen, still und leise liefen die Tränen über seine braunen Wangen, und eins muss ich zugeben, weinend war er immer noch scharf, genau wie Midnight, und es zuckte in meinem Herzen, zuckte nur kurz, ein kleiner Stich. Thomas fluchte nicht oder drohte wie Briggs, doch bekanntlich sind es die Stillen, die man im Auge behalten muss.

Wink

Der Held aß mit uns zu Abend und wollte nachher mit mir in mein Zimmer gehen, aber da ich es mit Peach und Bee-Lee teilte, nahm ich ihn nicht mit dorthin. Mim musste spät noch jemandem die Karten legen und die Zwillinge zelteten im Wald. Felix hatte bereits eine Freundin, in dieser Hinsicht ähnelte er Leaf, und die beiden hatten den Heuboden besetzt. Das Mädchen war hübsch und freundlich, mit rosigen Wangen und verschämtem Blick, aber da Mim Felix vor Kurzem noch mal die Aufklärungspredigt gehalten hatte, machte ich mir keine Sorgen.

Der *Die-drei-listigen-Ziegenböcke*-Junge hatte dunkle Haare und Augen in verschiedenen Farben. Blau und grün.

Verschiedenfarbige Augen konnten allerlei bedeuten.

Einen Fluch.

Pech.

Irrsinn.

Eine verkümmerte Seele.

Einen Bund mit dem Teufel.

Ein Familiengeheimnis.

Eine Lüge.

Ein Wechselbalg.

Ein gebrochenes Versprechen.

Ich nahm Midnight mit in den Garten und er legte sich auf die Erde, den Kopf in die Erdbeeren, während ich meine Geheimnisse auf seinem nackten Rücken ausbreitete und mit den Fingern die Buchstaben auf seine Wirbelsäule malte.

Er hat mich noch einmal nach meinem Vater gefragt.

Und nach Leaf.

Er wollte mit mir darüber reden, wie ich die Wölfin geküsst hatte.

Aber ich habe kein Wort gesagt.

Midnight

»*Midnight.*«

Warmer Atem auf meiner Haut. Die Decke raschelte, jemand neben mir, Seite an Seite in Löffelchenstellung. War das ein Traum? Lag das Sandmännchen in meinem Bett, flüsterte es mir ins Ohr, pustete es mir in den Nacken? Ich hielt die Augen geschlossen und streckte die Hand aus. Ich wollte meine Finger in ihrem verhedderten roten Haar verheddern.

Doch sie glitten hindurch, Wasser, Seide.

Es roch nach Jasmin.

Poppy.

»Ich bin die Regenrinne hochgeklettert.« Sie drehte sich um und küsste mein Ohrläppchen, ganz langsam. »Zwei Meilen in dunkler Nacht. Ich bin durch den Wald gegangen und über eine Mauer gestiegen.« Sie rutschte und glitschte, überall weiche Haut. »Sehe ich so aus, als ließe ich mir von einem rothaarigen Heubodenmädchen mit Einhörnern auf der Unterwäsche wegnehmen, was mir gehört? Du gehörst mir, Midnight. Bis ich dich nicht mehr haben will.«

Ihr Mund auf meinem Hals, meiner Brust, meinem Bauch …

»Hör auf, Poppy.«

Tat sie nicht.

»*Hör auf*, Poppy.«

Jetzt doch.

»Okay. *Okay*, Midnight. Kannst du mich wenigstens in den Arm nehmen? Bekomme ich wenigstens das noch von dir?«

Ja. Ich nahm ihren Kopf unter das Kinn und legte die Hand flach auf ihren Bauch, spreizte die Finger bis an ihre Hüfte.

Sie erlaubte mir nie, sie einfach im Arm zu halten.

Anscheinend machte sie sich *große* Sorgen wegen Wink und mir.

Grund genug hatte sie.

Als ich gerade wieder einschlafen wollte und mir die Augen zufielen, wand Poppy sich aus meinen Armen und weckte mich wieder auf. Sie ging zum Fenster und sah eingehüllt in Mondschein hinüber zur Farm der Bells. Eine Brise wehte ihr Haar um die Wölbung ihrer Schulterblätter, hin und her, einen Zentimeter oder zwei vielleicht.

»Weißt du was? Leaf hat mir mal etwas über seine verrückte Schwester erzählt.« Poppy drehte sich zu mir um und grinste mich an, so frech wie in den alten Zeiten, als sie noch schlaksig war, mit verschorften Knien. »Er hat gesagt, das Roman-Luck-Haus würde Wink um ihren wirren kleinen vernebelten Verstand bringen. Als Kind hätte sie Albträume davon gehabt, so schlimme Albträume, dass sie ins Bett machte.«

Poppy lachte leise und heftig und gemein. »Vielleicht sollten wir sie lieber Pinkel nennen. Pinkel Bell.«

»Der war gut.« Das sagte ich so träge und cool wie mein Bruder, damit sie merkte, dass ich es nicht ernst meinte.

»Ich finde, wir sollten Wink zwingen, sich ihren Ängsten zu stellen. Was meinst du, Midnight?«

Worauf wollte Poppy hinaus? Bei der Party hatte ich nicht den Eindruck gehabt, als hätte Wink Angst im Roman-Luck-Haus. Wenn sie sich gefürchtet hätte, wäre es mir aufgefallen. Oder?

Poppy schnipste mit den Fingern, eins, zwei, drei, und kehrte anmutig ins Bett zurück. Sie setzte sich nackt im Schneidersitz ans Fußende und sah so schön aus, dass ich am liebsten aus dem Fenster gesprungen wäre.

»Ich habe eine Idee, Midnight. Eine *tolle* Idee. Soll ich sagen?«

»Nein.«

Sie lachte nur. »Ich werde Wink sagen, dass du dich morgen um Mitternacht mit ihr im Roman-Luck-Haus treffen willst. Ich sage ihr, dass du mit ihr allein sein willst, richtig allein, keine Bellblagen, kein Heuboden. Ich sage ihr, du wärst zu schüchtern, um sie selbst zu fragen.«

»Das glaubt sie dir nicht, Poppy.«

»Oh, doch. Ich bin eine fantastische Schauspielerin. Ich bringe sie dazu.« Poppy lachte noch einmal, ganz leise, damit mein Vater sie nicht hörte. Er war immer noch wach, meine Zimmerdecke knarrte unter seinen Schritten. »Das wird wunderschön. Richtig geil.«

»Wird's nicht. Echt nicht.«

»Doch. Und wenn sie kommt, fessele ich sie an den Flügel und gehe. Dann ist sie ganz allein und muss die ganze Nacht im Musiksaal des verfluchten Roman Luck hocken, mit seinen Gespenstern. Das wird so was von toll.«

»Tu das nicht, Poppy. Bitte.« Ich versuchte gar nicht mehr, wie Alabama zu klingen. Ich hörte mich wieder ganz nach mir selbst an.

Poppy beugte sich vor und küsste das Grübchen an meiner Kehle. Genüsslich. »Hilfst du mir dabei? Machst du mit?«

»Nein.«

»Ach, komm, Midnight. Hilf mir.«

Sie küsste mich lässig, sanft, perfekt.

»Midnight, wenn du mir nicht hilfst, mache ich noch was Schlimmeres.«

Ihr Mund, meine Haut …

Scheiße, scheiße, scheiße.

»Wenn du mir nicht hilfst, fackele ich den Heuboden ab und schiebe es Wink in die Schuhe. Ich behaupte einfach, sie wäre verrückt. Oder gefährlich. Ich sage, sie lügt. Ich behaupte, sie hätte mich in den Wald gelockt und wollte mich umbringen. Ich sage, sie hätte mich in den Fluss gestoßen und versucht mich zu ertränken. Ich behaupte, dass sie –«

»Ist gut, *ist ja schon gut.*« Ich legte ihr die Hand auf den Mund, damit sie nicht auf die Idee kam, mich erneut zu küssen. »Ist gut, ich helfe dir.«

Sie warf die Arme in die Luft und quiekte. Gehaucht, ganz leise, aber quiekig.

Poppy war sogar sexy, wenn sie quiekte.

»Aber du musst mir versprechen, dass du sie danach in Ruhe lässt, Poppy. Das ist der letzte Streich. Der *allerletzte*. Verstanden?«

Poppy verschränkte die Arme vor ihrer nackten Brust, warf die Haare zurück und lächelte. »Ich wusste, dass du einlenkst.«

»Versprich mir, dass es aufhört, Poppy.«

Schweigen.

»*Versprich es.*«

»Es wird aufhören. Nach diesem letzten Streich.«

»Und die Gelben will ich da auch nicht sehen. Sie machen zu viel Lärm und dann schöpft sie Verdacht.« Ich kniff die Augen zu, weil ich wieder versuchte, Alabama nachzuahmen. »Wink ist schlau. Schlauer als du denkst. Nur du und ich bei dieser Nummer, okay?«

»*Wow.* Du bist heute Nacht mega alpha und chefig, ich bin echt beeindruckt. Und ich bin nie beeindruckt, von dir schon gar nicht.«

Sie beugte sich vor …

Ich legte ihr die Hände auf die Schultern und drückte sie weg.

Poppy stöhnte niedlich wie ein Kind. »*Okay.* Keine Gelben und keine weiteren Streiche.«

Sie lächelte wieder.

Und dann schlang sie ihr linkes Bein über mich und drückte mich mit den Hüften nach unten. »Um nichts in der Welt lasse ich mir das entgehen. Um nichts in der Welt. Wink, Roman Luck, du und ich, das wird megalustig, mega*lustig.*«

Sie beugte sich hinunter, bis wir uns berührten, Brust an Brust, Haut an Haut.

Lippen. Unten, unten, unten.

Ich wollte es schrecklich finden.

Ich wollte, dass mir davon schlecht wurde, dass es mir den Magen umdrehte und mich mit Entsetzen erfüllte. Doch so war es nicht.

Poppy

Ich habe es gut verborgen, doch zu Midnight ins Bett zu kriechen, gab mir ein tröstliches nostalgisches Gefühl, wie ich es zuletzt als kleines Mädchen in der Hütte meines Großvaters erlebt habe, bevor er vor sieben Jahren an einem kalten Tag Schnee schaufelte, einen Herzinfarkt bekam und starb. Er hieß Anton Harvey und meine Eltern ließen mich bei ihm, wenn sie zu Ärztekongressen fuhren. Mein Opa nannte mich nie seinen süßen kleinen Babyengel. Mein blonder Haarschopf, meine großen grauen Augen oder mein engelsgleicher Mund waren ihm egal und er gab mir auch nie rosafarbene Geschenke mit Schleifen.

Anton Harvey war bärbeißig und still und er zeigte mir, wie man einen Fisch ausnahm, den wir frisch aus dem Fluss geangelt hatten. Er regte sich auch nicht darüber auf, dass ich das gerne tat. Wenn wir in seiner Hütte wohnten, trug ich Flanellhemden und Gummistiefel und flocht mein Haar zu Zöpfen und manchmal verbrachten wir Stunden ohne ein Wort, wenn wir angelten oder Spuren im Schnee folgten oder auf der schlichten kleinen Veranda saßen und zusahen, wie ein Sturm aufzog.

Und ausgerechnet in dem Moment, als ich dachte, *hier ist etwas, hier ist jemand, zu dem ich aufsehen kann, der nicht so blöd blöd blöd ist wie der Rest, hier ist jemand, den ich bewundern kann, jemand, den ich verstehe, den ich wahrscheinlich sogar lieben kann, wenn er mir den Hauch einer Chance gibt,* musste er sterben.

Midnight

»Poppy plant etwas, Wink.«

Wir waren draußen und schöpften mit der hohlen Hand eiskaltes Wasser aus der roten Wasserpumpe.

»Ich weiß.« Wink schlürfte geschickt Wasser aus ihrer Hand. »Sie war heute Morgen schon hier, hat mich auf dem Heuboden besucht und angekündigt, dass du dich um Mitternacht am Roman-Luck-Haus mit mir treffen willst.«

Poppy handelte schnell. Sobald sie einen Entschluss gefasst hatte, schoss sie los wie ein Windhund. So war sie schon immer gewesen. Als wir das erste Mal Sex hatten, war sie schon halb nackt in mein Zimmer gestürmt.

»Poppy hält mich für sehr, sehr dumm.« Im Schein der Morgensonne waren Winks Augen besonders grün und auf ihren Lippen glitzerten winzige Wassertropfen.

Die Waisenkinder waren allesamt beim Zahnarzt. Wink meinte, Mim hätte kein Vertrauen zu Zahnärzten, aber sie ließe sie trotzdem untersuchen. Ich hörte noch quer über die Straße durch das offene Mansardenfenster, was Dad am Telefon mit einem Kunden verhandelte. Er sagte Worte über seltene Bücher, die so fremd waren und so häufig vorkamen, dass es beinahe eine andere Sprache war.

»Sie will dich an den alten Flügel fesseln und über Nacht allein lassen.« Als ich mit dem Daumen die Tröpfchen von ihrer Oberlippe wischte, lächelte Wink mich an. »Wie es aussieht, hat Leaf ihr erzählt, du würdest dich vor dem Haus fürchten.«

Wink schüttelte den Kopf. »Das hat Leaf ihr niemals gesagt.«

»Das heißt, du hast gar keine Angst vor dem Roman-Luck-Haus?«

»Alle sollten Angst vor dem Roman-Luck-Haus haben.« Als eine Ziege herbeikam und mit dem Kopf gegen ihre Beine stieß, strich sie über ihr Rückenfell.

Wie gesagt, es war schwerer, Wink Informationen zu entlocken, als Poppy dazu zu bringen, freundlich zu sein.

Wink ließ die Hand auf der Ziege ruhen, doch sie sah mich dabei an. »Du erinnerst dich, dass Dieb eine Vision von dem Weg hat, den er durch den Dunklen Wald nehmen muss? Dieser Weg, der ihn in die geheime Hütte zu der schönen Zauberin mit den melancholischen blauen Augen und dem silbernen Haar führt?«

Ich nickte.

»Weißt du auch noch, dass die Zauberin ihn reinlegen will und er stattdessen sie reinlegt?«

Ich nickte wieder. »Und dann lässt er ihre Leiche im Wald liegen, weil er weiß, dass die Wölfe kommen, wenn es Nacht wird.«

»Genau.« Wink machte diese flatternde Bewegung mit den Fingerspitzen, die ich so schön fand.

Poppy wollte Wink reinlegen und Wink wollte Poppy reinlegen und ich saß zwischen allen Stühlen.

Doch es war heiß, ein angenehmer Wind wehte und mir war trotz allem irgendwie träumerisch und friedlich zumute. Diese Wirkung hatte Wink auf mich.

Am Nachmittag tranken wir mit Gartenerde zwischen den Zehen Kaffee aus der blauen Tasse. Wir saßen unter den Apfelbäumen in unserem Obstgarten unter dem weiten Himmel mit fluffigen Wolken und spielten mit den Fingern in dem kalten Wasser des kleinen Bachs mit den vielen Windungen, der höchstens dreißig Zentimeter breit war. Als ich Wink fragte, wie der Bach hieß, meinte sie, er hätte keinen Namen, doch da er vom Blue Twist River käme, würde sie ihn Little Blue Twist nennen.

»Ich wollte immer schon einen eigenen Bach haben«, sagte ich. »Schade, dass er vor eurer Farm nach Süden abbiegt – ich habe das Gefühl, ich nehme ihn voll in Beschlag.«

»Das macht nichts. Ich finde es schön, wenn du deinen eigenen Bach hast.« Wink grinste mich an. Unter Wasser sahen ihre Hände bleich und unheimlich aus. »Hast du schon mal von Wasserhexerei gehört, Midnight? Mein Pa konnte das. Ich habe ihm einmal zugesehen.«

Ich sah sie erstaunt an. Sie war bisher all meinen Fragen über ihren Vater ausgewichen, absolut allen. Und jetzt erzählte sie aus freien Stücken etwas über ihn.

»Es gibt Menschen, die mit der Fähigkeit geboren werden, unterirdische Wasservorräte zu finden.« Als Wink sich vorbeugte, streiften ihre Haarspitzen das Wasser. »Ich habe Pa einmal dabei zugeschaut, als er eine verborgene Quelle auf der Weide an der Gold Apple Mine entdeckt hat. Dort, wo wir die Pferde halten. Er hatte einen gegabelten Stock, der anfing, richtig schnell auszuschlagen. Dadurch hat er sie gefunden. Eines Tages gehe ich mit den Waisenkindern dahin und grabe so lange, bis das Wasser sprudelt. Dann haben wir einen Schwimmteich.«

»Wieso machen wir das nicht gleich, Wink? Ich hätte Lust, eine Quelle auszugraben. Ich fände es schön, sie aus dem tiefen Untergrund zu befreien.«

Wink zuckte die Achseln. »Zu heiß. Heute nicht, Midnight. Aber bald.«

Nachdem wir hineingegangen waren, um aus der Sonne zu

kommen, zeigte ich Wink unser Haus: die luftige Küche mit den weiß gefliesten Wänden, die Vorderveranda mit den Fliegengittertüren, auf der man schlafen konnte, das volle Untergeschoss mit den Kisten von Mom und Alabama und den Keller mit den irdenen Wänden und den leeren Einweckgläsern.

Ich zeigte ihr auch mein Zimmer, wo sie sich eins nach dem anderen die Bücher in den Regalen ansah. Dann ging sie zum Bett und setzte sich. Ich zuckte zusammen, weil ich Angst hatte, dass die Kissen nach Jasmin rochen. Sie wechselte in den Schneidersitz, nahm das Buch *Will und die schwarzen Wohnwagen* in die Hand, das ich aufgeschlagen liegen gelassen hatte, und legte es in ihren Schoß. Wink hatte mir das Buch selbst geliehen – sie sagte, sie hätte es den Waisenkindern noch nicht vorgelesen, weil sie sie nicht auf dumme Gedanken bringen wollte. Es sollte sie nicht aufwühlen, und ich verstand, was sie meinte. Ich hatte es erst zur Hälfte durch, aber Will und der rothaarige kindliche König Gabriel Stagg hatten sich bereits in meine Träume geschlichen … die gewundene, endlose Straße, die Messer im Dunkeln, dieses Gefühl der Unrast.

»Ich habe darüber nachgedacht und ich glaube, ich weiß, was am Roman-Luck-Haus geschehen ist«, sagte Wink wie aus dem Nichts.

Ich setzte mich neben sie aufs Bett, ohne etwas zu sagen, und wartete darauf, dass sie fortfuhr.

»Ich glaube, Roman Luck fand, dass er alles falsch gemacht hat in seinem Leben. Er wollte nicht mehr als Arzt arbeiten und in der Villa wollte er auch nicht mehr wohnen. Deshalb ist er einfach zur Tür hinausgegangen und hat irgendwo neu angefangen, nur mit den Sachen, die er auf dem Leib hatte.«

Ich dachte eine Weile darüber nach. »Die Vorstellung gefällt mir, aber die Menschen lassen nicht einfach ihr Haus und ihr Geld und ihre gesamte Identität zurück. Das macht einfach keiner. Also, höchstens die alte Frau aus Paris, von der du mir erzählt hast.«

Wink verschränkte die Hände unter ihrem kleinen spitzen Kinn. »Es gab mal eine reiche Erbin namens Guinevere Woolfe, die eines Tages in den nebligen Straßen von London spurlos verschwand. Als sie zwanzig Jahre später schließlich gefunden wurde, backte sie Brot in einer Kleinstadt in den französischen Alpen. Sie hatte einen französischen Konditor geheiratet, mit dem sie sechs Kinder hatte, alles Jungen, und war dick und glücklich geworden. Niemand in der Stadt hatte die geringste Ahnung, dass sie Engländerin war, geschweige denn fünfzig Millionen Pfund schwer.«

»Und was hat Roman Luck gemacht, nachdem er verschwunden ist? Ist er ein weltberühmter Illusionist geworden und hat sein Leben damit verbracht, in exotischen Orten aufzutreten, nur um plötzlich im Orientexpress zu Tode zu kommen, nachdem er im Speisewagen mit einer eifersüchtigen Ex-Geliebten einen vergifteten Kaffee getrunken hat?«

Das war in Wirklichkeit eine Fantasie, die ich hin und wieder über mich selbst hatte. Die Details veränderten sich im Laufe der Zeit und je älter ich wurde, umso schönere Frauen kamen hinzu.

Wink lächelte flüchtig und sanft und mit halb geschlossenen Augen. »Ich glaube, dass Roman Luck mit dem Zug an einen weit entfernten Ort gefahren ist, wo er als Fremder neu anfing und am Ende ein Held war. Ich glaube, er hat Ungeheuer getötet und Unschuldige gerettet und ein trauriges einsames Mädchen befreit und glücklich gemacht. Ich glaube, das ist es, was mit ihm geschehen ist.«

Sie stand auf, steckte die Hände in die tiefen Taschen ihres Overalls und ließ die Locken über ihre sommersprossigen Wangen fallen. »Du könntest ein Held sein, Midnight. Du könntest so ein Held sein wie Dieb und Roman Luck.«

»Alabama ist bei uns der Held, nicht ich«, sagte ich offen und ehrlich, weil Wink mir das Gefühl gab, dass ich so sein durfte.

»Ich helfe dir. Du schaffst das, warte nur ab.« Wink nickte, ein sehr ernstes und feierliches Nicken. Als sie zu mir aufsah, leuchteten Sterne in ihren Augen.

Reifen knirschten auf dem Schotter. Autotüren wurden zugeworfen. Und dann hörte ich Schreie, Kindergeschrei, halb Lachen, halb Quieken. Ich stand auf und ging zum Fenster. Die Waisenkinder waren vom Zahnarzt zurückgekehrt und platzten vor Energie, nachdem sie den ganzen Morgen stillsitzen mussten. Peach stand auf dem Dach des verrosteten Familien-Kombis und die ungekämmten Haare fielen lang über ihren Rücken, als sie mit ihrer dünnen Stimme eine Opernarie anstimmte. Bee-Lee saß auf Felix' Schultern und lachte hysterisch, weil er sie an den Füßen kitzelte. Die Zwillinge liefen einfach nur im Kreis um alle anderen herum, als könnten sie sich nicht entscheiden, welchen Unsinn sie zuerst anstellen sollten.

Wink

Wir waren wie die drei Schicksalsgöttinnen, die diese Geschichte aus goldenen, roten und mitternachtsblauen Fäden wirkten.

Darin kamen Wölfe und Tricks und Lügen und Listen und Rache vor. Dafür würde ich schon sorgen.

Vor langer langer Zeit lebte ein deutscher Märchenerzähler in einem Häuschen im Schwarzwald und verfasste finstere Sagen. Pa hat mir von ihm erzählt. Angeblich wurden seine Bücher im Ersten Weltkrieg verbrannt und nur wenige wurden gerettet und eines Tages würde Pa mir eins zum Lesen geben.

Pa erklärte, dieser deutsche Märchenerzähler hätte ein Leitmotiv in all seinen Werken, und er sang es mir mit einer leisen traurigen Stimme immer wieder vor, als wäre es ein Wiegenlied:

Wenn du in die Dunkelheit siehst,

sieht die Dunkelheit auch in dich hinein.

Ich habe dem Helden von meinem Vater erzählt. Das hatte ich eigentlich nicht vorgehabt. Ich wollte über den Jäger reden, wie er Sweet Ruby das Herz herausgeschnitten und es in ein Kästchen gelegt und der Königin geschenkt hat … stattdessen ist mir Pa herausgerutscht, über meine Zunge wie die schlängelnden Aale in *The City Beneath*.

Ich hatte über Helden und Midnight nachgedacht und darüber, dass Leaf stets gesagt hat, die besten Helden hätten auch etwas Böses an sich, damit das Gute daneben noch besser zur Geltung kommt … und dann merkte ich plötzlich, dass ich über *ihn* redete, über seine Wasserhexerei und die Gold Apple Mine – wie das kleine Mädchen in *Winterpfand*, das von einem Augenblick zum anderen den Verstand verlor.

Von nun an würde ich besser aufpassen.

Poppy

Als ich Leaf zum zehnten Mal küsste, küsste er zurück. Wir lagen auf der Wiese hinter der Bell-Farm und seine schmalen Lippen waren zart und arrogant, genau, ganz genau so wie ich sie mir vorgestellt hatte, genau so wie ich sie haben wollte. Dann löste er sich von mir und stöhnte an meiner Wange und das dunkle leere Ding in meiner Brust, wo mein Herz nie gewesen war, fing an zu schlagen, schlagen, schlagen und ich empfand Freude, rot und triefend. Leaf hob mich hoch und drehte mich um, bis mein Rücken sich ins Gras und die leuchtenden kleinen Wildblumen drückte und mein frisches neues Herz zum Himmel blickte.

Leaf hatte eine tiefe brummige Stimme. Einmal habe ich erlebt, dass er sang. Das war, noch bevor der Blue Twist River über die Ufer trat, noch vor DeeDee, vierzehn oder fünfzehn war er damals vielleicht, jünger jedenfalls nicht, denn er war schon im Stimmbruch und seine Stimme war tief. Ich sah ihn singend im Wald, wo ich ganz allein war, denn wenn man in allem und jedem besser ist als alle anderen, kann das sehr ermüdend sein, und manchmal musste ich ein Weilchen im Wald verschwinden und so tun, als gäbe es die anderen nicht.

Er stand allein auf einer schneebedeckten kleinen Lichtung unter dem klaren blauen Winterhimmel. Er hatte die Brust gebläht und den Kopf zurückgeworfen und sang, sang aus vollem Hals eine melancholische Melodie, die ich noch nie gehört hatte. Das Lied klang wie aus lang vergangenen Zeiten, wie er es mit seiner brummigen Stimme sang, nach alten Steingebirgen und eiskalten Seen. Sein Atem dampfte in der Luft und so etwas verdammt Schönes hatte ich noch nie gehört oder gesehen. Leaf sah mich nicht oder gab vor, mich nicht zu sehen. Er sang einfach weiter.

Ich war nicht dafür gemacht, dass mir etwas fehlte, sondern dafür, zu gewinnen und zu bekommen, was ich wollte, nicht etwa dafür, besser werden zu wollen oder die beste Ausgabe meiner selbst zu werden, denn das klappte sowieso nicht, *echt*, das klappte überhaupt nicht.

Midnight fraß mir aus der Hand, alles war ganz einfach, lächerlich leicht – ich musste mir nur minimal Mühe geben. Er dachte, ich würde ihm erlauben, mich zu betrügen, als ob ich das dulden würde, als hätte er überhaupt das Zeug dazu, was dachte er bloß, als ob, als ob.

So weit werde ich gehen, so weit will ich gehen.

Midnight

Ich ging mit Wink durch den dunklen Wald zum Roman-Luck-Haus. Es war halb elf oder vielleicht Viertel vor elf. Nachdem ich Poppy gesagt hatte, ich würde um halb zwölf dort sein, wollten Wink und ich ihr unbedingt zuvorkommen.

Ich leuchtete mit der Taschenlampe über die durchhängende Vorderveranda.

Wie alle anderen betrat ich das Roman-Luck-Haus schon bei hellem Sonnenschein nur höchst ungern. Aber jetzt, im Dunkeln …

Die Bäume schienen uns zu beobachten, Wink und mich, ihre raschelnden Blätter waren wie kleine blinzelnde Augen.

Möglicherweise war das eine schlechte Idee.

Möglicherweise hätte Dieb das nicht getan.

Andererseits hatte Dieb ein Schwert.

Ich hatte nur ein verlassenes Haus.

Wink verflocht ihre Finger mit meinen und drückte sie. »Du bist der Held, Midnight.«

Wir stiegen gemeinsam die abgetretenen Holzstufen empor.

Dann drehte ich den kalten gläsernen Türknauf und drückte die Tür auf.

Beim Eintreten knarrte der Boden genauso wie in meinem neuen Haus. Und schon ging es mir besser. Wir liefen durch den engen Flur, in dem immer noch die gerahmten Fotos hingen, unscharf in dem trüben Licht, fremde Gesichter, die Gesichter der Menschen, vor denen Roman Luck davongelaufen war.

Wir schenkten dem Esszimmer zu unserer Rechten mit dem verstaubten Tisch, den Stühlen und dem schmutzigen Teller keine Beachtung, der einsam an einem Ende stand und den noch immer niemand berührt hatte, weder die Polizisten noch die vielen Kinder.

Das Musikzimmer kam als Nächstes auf der linken Seite.

Aus den Ecken kam Getrippel. Als ich an der Wand nach unten strich, vibrierte die Blümchentapete aus Samt unter meiner Hand. Die ausgeblichenen roten Vorhänge waren aufgezogen und rahmten vom Boden bis zur Decke die schartigen Ränder des eingeschlagenen Panoramafensters ein.

Eine Wolke zog weiter und die Mondsichel schickte einen Strahl ins Zimmer. Auf dem Boden lag abgebröckelter Putz, auf dem Klavierhocker lag ein Kissen und ein schweres Buch mit Noten von Rachmaninoff stand auf dem eingebauten Ständer.

»Anscheinend hat Roman Luck selbst manchmal auf dem Flügel gespielt.« Ich wies mit dem Kopf auf die Noten. »Siehst du ihn auch vor dir, wie er ganz allein in diesem großen Haus sitzt und schwermütige russische Lieder spielt?«

»Allerdings«, sagte Wink. »Ich sehe es vor mir.«

Ich stellte den Rucksack ab, in dem ich das Seil und eine weitere Taschenlampe mitgebracht hatte. Ich hob den Blick zu Wink, doch sie war nicht weitergegangen. Sie starrte auf die Stelle zwischen dem Flügel und dem schäbigen grünen Sofa.

»Es war genau da«, flüsterte Wink. »Genau da habe ich ihn gesehen.«

Wink

Diesmal bestäubte ich meine Haut nicht mit Puderzucker. Ich brauchte etwas Kräftigeres. Ich trug meinen Kastanienrock, in dessen Saum schützender Sand vom Grund des Blue Twist River eingenäht war.

In die eine Rocktasche hatte ich getrocknete, mattgrüne Linsen gesteckt, und in die andere Zimtstangen aus einem Gefäß in Mims Zauberschrank. Außerdem trug ich an einer silbernen Kette einen Schlüssel um den Hals, den langen alten Schlüssel, den mir die kleine Dame in dem schwarzen Kleid geschenkt hat, der ich eines Tages zufällig im Wald begegnet bin. Sie sagte, der Schlüssel gehörte zu einem goldenen Kästchen, in dem das Herz eines Mädchens lag, das sie vor Jahren getötet hatte.

Mir war klar, dass ich Midnight nun von den Unversöhnlichen erzählen musste. Ich musste ihn davor warnen, dass sie einen anknabberten, wenn man nicht aufpasste, und dass sie sein Herz in roten Staub verwandeln und ihn total verrückt machen konnten.

Midnight

»Ich war klein«, sagte Wink leise und starrte auf Roman Lucks faulende Dielen. »So klein wie Bee-Lee jetzt. Leaf war so alt wie die Zwillinge. Wir spielten im Wald ein Spiel, das Leaf sich ausgedacht und *Schreilaufen* genannt hatte. Ich hatte mich in einem hohlen Baumstamm versteckt und lauschte, und in dem Moment habe ich es gehört, echte Schreie, keine von Leaf, und sie kamen aus dem Roman-Luck-Haus.«

Wir hatten noch Zeit, bis Poppy kam. Sie gehörte nicht zu der Sorte Mädchen, die zehn Minuten zu früh kamen. Ich saß auf dem grünen Samtsofa und Wink saß neben mir, Knie an Knie. Sie trug einen Rock mit aufgenähten kleinen Kastanien. Ich hielt die Taschenlampe fest und leuchtete nach unten auf unsere Zehen.

Draußen frischte der Wind auf. Als Zweige über die kaputten Fensterscheiben kratzten, hörte es sich an, als würde sich jemand mit den Fingernägeln ans Glas klammern.

Ich rutschte näher an Wink heran, bis sich auch unsere Oberschenkel berührten.

»Mim hat mir erzählt, dass früher eine Frau namens Autumn hier wohnte. Das ist sehr lange her, lange vor Roman Luck. Autumn war nicht richtig im Kopf. Sie heiratete den attraktivsten Mann der Stadt, er hieß Martin Lind, und sie bekamen vier Kinder, zwei Jungen und zwei Mädchen. Doch mit der Zeit litt Autumn unter Verfolgungswahn und krankhaftem Misstrauen und sie warf ihrem Mann vor, sich in eine andere Frau verliebt zu haben. Sie dachte, er wollte sie verlassen.«

Wink machte eine Pause. Zwischen zwei Fingern rieb sie ihren Rocksaum, ohne mich anzusehen.

»Und eines Tages rammte Autumn Martin ein Küchenmesser in den Bauch und ließ ihn sterbend im Musikzimmer liegen.«

Ich sah Wink an, ihre unschuldigen grünen Augen und ihr ernstes herzförmiges Gesicht. »Und das ist wirklich wahr, Wink?«

Auf einmal lächelte sie, mit süßem Mund und spitzen Ohren. »Das fragst du mich andauernd. Selbstverständlich ist das wahr. Alle sonderbaren Dinge sind wahr. Autumn wurde dafür gehängt, *am Hals aufgehängt, bis der Tod eintrat*, und ihre Kinder wuchsen bei Fremden auf, verwaist und allein wie in einer meiner Heubodengeschichten. Das Haus stand zum Verkauf und Roman Luck kaufte es. Aber Autumns böse Tat, ihr unverzeihliches Handeln, war in die Dielen gesickert und in die Wände geschlichen.«

»Du hast gesagt, Roman wäre nicht von einem Geist vertrieben worden.«

Wink zuckte die Achseln. »Das hat Mim gesagt. Sie hat ihm hin und wieder die Karten gelegt, sie muss es wissen. Es gibt Menschen … die gehen einfach.«

Eine Eule schrie irgendwo draußen in der Nacht. Ihr Schrei drang direkt durch das zerbrochene Glas in meine Ohren, wie ein Flüstern von Poppy.

»Ich habe mich versteckt und das Geschrei ging weiter und

ich schlich näher heran. Midnight, in diesem Zimmer war ein Mann, und er war es, der schrie, und er blutete. Er lag im Sterben. Er sah gut aus, er war schön wie ein Märchenprinz. Erst hat er mich gar nicht gesehen. Ich war klein und musste auf Zehenspitzen stehen, ich kam ja kaum ans Fenstersims. Er lag im Schatten und drückte die Hände in die Seite und sagte etwas, immer wieder das Gleiche.«

Wink hatte die Stimme aufgelegt, mit der sie die Waisenkinder in den Schlaf lullte. Doch diesmal wurde mir nicht nach Schlafen zumute.

»Was?«, fragte ich, als sie nicht weitersprach. »Was hat er denn gesagt?«

»*Sag meinen Kindern, dass ich sie liebe.* Das hat er gesagt, immer wieder. Oh, und Midnight, seine Stimme war so traurig und gebrochen.«

Ich schaute mich im Musikzimmer um und schlug dann schnell die Augen zu, weil ich fürchtete, dass der Geist von Martin Lind gleich vor mir stehen würde, wie er im Dunkeln blutete und schrie und die Hände auf die Wunde drückte.

Hatte Wink das als Mädchen wirklich gesehen? Was bewirkte so etwas in einem Kinderkopf?

Eigentlich glaubte ich nicht an Geister. Doch ich glaubte an Wink.

»In dem Moment bekam ich furchtbare Angst und konnte mich nicht mehr halten«, fuhr sie mit ihrer einschläfernden Stimme fort. »Ich taumelte und als ich wieder stand, war er verschwunden und das Musikzimmer war leer. Hier spukt es wirklich, Midnight, aber mit Roman hat das nichts zu tun.«

Die Eule schrie, die Äste scheuerten, das Trippeln ging weiter. Der Raum roch nach Nacht und Erde und Verwahrlosung.

Wink beugte sich vor und küsste mich. Ich ließ die Taschenlampe fallen, klirr, knarr. Ihr rotes Haar fiel mir über die Ohren und über den Hals und die Schultern.

Wink roch nach Zimt und ihr Mund schmeckte nach Staub.

Ich dachte nicht an den Mann, der in diesem Zimmer gestorben war.

Auch nicht an die unverzeihliche Tat, die Autumn begangen hatte.

Oder daran, was ich gleich einem Mädchen antun wollte, das ich einst geliebt hatte.

Ich dachte nur an Wink.

Sie löste sich von mir, stand auf und zupfte ihren Kastanienrock zurecht. Ihr Haar war wirr und schön und rot, rot, rot im Strahl der Taschenlampe. »Du schaffst das«, sagte sie. »Du bist Dieb. Du bist der Held.«

Ich nickte.

Ich nickte, obwohl sich das alles nicht heldenhaft anfühlte.

Es fühlte sich einfach nur verkehrt an.

Wink ging. In den Wald, um zu warten.

Tick-tock, tick-tock.

Poppy kam.

Poppy

Ich ging um elf aus dem Haus, frech, mit Hüftschwung. Meine Eltern waren ohnehin nicht da, sie betrieben auf einem langweiligen Kongress in Chicago gepflegte Konversation mit anderen Ärzten. Ich konnte sie mir genau vorstellen, in einem lang gestreckten, mit Teppichboden ausgelegten Raum mit teurem Mobiliar und Kronleuchtern, wo sie blasiert, übermäßig gebildet und verdammt stolz auf sich selbst herumstanden.

Nach Opas Tod bin ich weggelaufen. Zu seiner Hütte auf dem Three Death Jack Mountain und da bin ich zwei Tage geblieben, ohne einen Gedanken an meine Eltern oder sonst irgendwen zu verschwenden. Es war schön dort, und still, so still. Die Hütte war damals bereits ziemlich abgewohnt, doch ich tat, was ich konnte, um alles Mögliche instand zu setzen, und ich genoss jede Sekunde, angelte und sprach mit niemandem, doch dann fanden sie mich schließlich doch, Mom und Dad. Sie waren in Panik und sauer, weil sie einfach nicht verstehen konnten, warum ich lieber in diesem Rattenloch von einer Hütte als in unserem netten Haus in der Stadt wohnen wollte, schließlich hatten sie mir alles gegeben, was ich wollte, oder hatten sie mir etwa nicht immer alles gegeben, was ich wollte?

Sie brannten Anton Harveys Hütte nieder. Sie behaupteten, sie würde auseinanderfallen und es wäre zu gefährlich, sich darin aufzuhalten, doch ich wusste Bescheid. Ich wusste, warum sie das taten.

Ich ging über die Kopfsteinpflasterstraße zum Friedhof, von da nahm ich den Weg in den Wald. Davor hatte ich keine Angst, ich war schon so oft da langgegangen. Eulen schrien und es raschelte im welken Laub und der Wind kitzelte mich im Nacken, als würde die Nacht ausatmen. Doch mein Orientierungssinn war überdurchschnittlich gut und abgesehen davon: Was sollte im Wald schon fürchterlicher sein als ich selbst?

Das Roman-Luck-Haus.

Das war fürchterlicher, stimmt, stimmt, ich hasste diesen Ort, oh, wie sehr ich ihn hasste, doch es ging nur um diese eine Nacht, eine Nacht, die rasch verging, schließ die Augen und denk an England.

Wink

Ich hörte die Wölfin, ehe ich sie sah. Sie schlenderte durch das Laub auf die Lichtung, dass die Blätter flogen, das Kinn in der Luft, den Rücken durchgedrückt und eitel wie die Rabenkönigin.

Ich versteckte mich hinter den Bäumen. Vor der Dunkelheit hatte ich keine Angst. Ich hatte nur vor dem Roman-Luck-Haus Angst. Ich wollte Midnight dort nicht allein lassen, auch wenn er der Held war.

Er hat mir das mit den Unversöhnlichen geglaubt, denke ich.

Midnight

Poppy stand auf Zehenspitzen an Roman Lucks Tür und versuchte, hinter mich zu blicken.

»Wink ist noch nicht da«, sagte ich. »Wir haben noch zehn, fünfzehn Minuten.«

Sie stützte die Hände in die Taille, wo ihr enges schwarzes T-Shirt in ihren schwarzen Rock überging. Als ich einen Schritt zurückging, um sie hereinzulassen, blieb sie, wo sie war.

»Hast du immer noch Angst vor diesem Haus, Poppy?«

Sie schwieg. Keine coole Erwiderung, und das von Poppy.

»Wieso willst du ihr den Streich dann ausgerechnet hier spielen? Warum hier, wo du genauso viel Angst hast wie Wink?«

Poppy schüttelte sich, so schnell, dass ich es fast nicht mitbekommen hätte. Dann legte sie mit verschatteten Augen den Kopf schief und reckte die Nase. »Ich habe mir diesen Ort ausgesucht, weil er so abgelegen ist. Ich habe keine *Angst*. Es ist nur ein blödes dreckiges altes Haus, das nach Tod riecht. Ich glaube nicht an Geister und selbst wenn, wäre es mir egal, wenn ich einen sehen würde, weil ich mich dann trotzdem nicht fürchten würde.«

Sie warf ihre blonden Haare in den Nacken und machte einen Schritt nach vorn. Und noch einen. Sie war drin.

Sie lachte.

Poppy breitete die Arme im Flur des Roman-Luck-Hauses aus und drehte sich auf dem knarrenden Holzboden einmal im Kreis. »Kommt her, ihr Geister. Hier bin ich. Na, *los*. Beweist mir, dass es euch gibt. Beweist mir, wozu ihr in der Lage seid.«

Sie hielt inne und lächelte mich an. »Siehst du? Nichts passiert.«

Sie sah so jung aus, wie sie mit ausgebreiteten Armen zwischen den holzgetäfelten Wänden stand. Sie wirkte so mutig und lebendig inmitten der ächzenden Dielen, dem Staub und dem Verfall, dass ich eine kurze Sekunde lang das Gefühl hatte, sie könnte das alles mit einer einzigen Handbewegung, einem Augenzwinkern, einem Blitzstrahl verschwinden lassen. Poppy würde ihren Arm über ihrem Kopf kreisen lassen und das Haus würde hoch schweben und den Schmutz abschütteln, sich erneut verdichten und wie neu sein. Und dann würde Roman Luck lässig durch die Tür kommen und über seinen langen Bart streichen, weil er ein holländisches Bier getrunken und zwanzig Jahre in den Bergen geschlafen hatte, und mehr wäre an der Sache nicht dran, mehr wäre nicht passiert, das war des Rätsels Lösung.

Wir hörten beide das Geräusch und zuckten zusammen. Ein Schaben, ein Scharren, kratz kratz kratz.

Es waren nur die Äste, die an die Fensterscheiben schlugen, doch das wusste Poppy nicht.

Ich zeigte mit dem Kopf weiter nach vorn. »Komm, wir gehen schon mal ins Musikzimmer. Geh du vor.«

Sie sagte nichts, sparte sich eine bissige Bemerkung und ging einfach los.

Knarz-knarz, knarrten die Dielen.

An der Schwelle blieb Poppy stehen. Ich gab ihr meine Taschenlampe und Poppy schaltete sie ein und ging damit in die Mitte des Zimmers, wo sie im Einklang mit dem Licht herumwirbelte. Der Strahl beschrieb einen weiten bleichen Bogen. Poppy erschauerte. Heftig. Ihre Arme und Beine zuckten.

Das war nicht die Poppy, die ich kannte. Es war nicht einmal mehr die Poppy aus dem Flur, die mit den Armen in der Luft das Übernatürliche herausgefordert hatte, sie zu holen.

Sie war nicht gemein. Sie tat niemandem weh. Sie kommandierte niemanden herum. Sie zog sich nicht aus und machte es nicht mit mir. Sie hatte einfach Angst. Sie hatte schreckliche Angst.

Ich wollte ihre Hand nehmen und mit ihr weggehen. Ich wollte sie nach Hause bringen und die Bettdecke über ihr ausbreiten und ihr ein Gefühl von Sicherheit vermitteln.

Doch das konnte ich nicht.

Ich war der Held.

»Leg die Hände auf die Klaviertasten«, sagte ich. »Das ist Tradition. Wenn man das Roman-Luck-Haus zum ersten Mal betritt, legt man die Hände auf die Tastatur.«

Poppy ging zum Klavier. Sie stellte die Taschenlampe ab, legte die Finger auf das abgesplitterte Elfenbein und drückte, tack, tack, tack. Sie ließ die Finger sogar einen Atemzug lang dort ruhen, vielleicht sogar zwei. Dann riss sie die Arme zurück und drehte sich mit einem verhaltenen schnippischen Lächeln zu mir um.

»So, das wäre erledigt.«

»Weißt du was?«, sagte ich träge und cool wie Alabama. »Ich finde, du solltest die Geister hier im Musikzimmer noch mal anrufen. Fordere sie heraus zu spuken. Mal sehen, was passiert.«

»Du zuerst«, sagte sie, doch das sagte sie nicht großspurig und eingebildet. Sie flüsterte.

Poppy schlang die Arme um ihre Brust und sah mich nicht an.

»Na ja, dann geh wenigstens nach oben und leg dich kurz aufs Bett. So geht das nämlich. Klaviertasten. Bett.« Ich streckte die Hand aus. Poppy zögerte. Ich wackelte mit den Fingern. »Ich komme mit.«

Raus in den Flur, die Treppe hoch, erste Tür rechts. Das große Schlafzimmer. Im Schrank sieben schwarze Anzüge. Zwei Nachttische aus Holz. Ein weißer Heizkörper. Eine verstaubte Krawatte auf einer verstaubten Kommode aus Walnussholz. Und natürlich das Bett, bezogen und gemacht, obwohl wir Kids über die Jahre alle darauf gelegen hatten. Aus der Tagesdecke mit den schwarz-goldenen Streifen quoll das Futter, wo die Ratten sich hineingefressen hatten, doch man erkannte noch, dass sie aus Seide war. Das Etikett mit der Aufschrift *Made in Paris, France* war noch lesbar, wenn man die rechte untere Ecke aufschlug.

»Leg dich hin.« Ich hatte Poppy noch nie zuvor einen Befehl erteilt. Kein einziges Mal, niemals. Doch sie gehorchte.

Sie glitt auf die Seide, streckte sich aus und spreizte die Arme und Beine zu den vier Bettpfosten, während sich ihr blondes Haar über die Decke ergoss wie bei einem Mädchen, das geopfert werden würde, wie bei dem Mädchen in einer von Winks Heubodengeschichten, wie Norah in *Meer und Buschfeuer*, die nackt an den Felsen gekettet wurde. Ihr blondes Haar wehte im Wind und sie fror an den bloßen Füßen, während sie auf den Morgen wartete und auf das schuppige Ungeheuer, das zur Höhle kommen und sie lebendig verbrennen würde …

Wink färbte auf mich ab.

Solche Sachen hatte ich früher nie gedacht.

Ich war mir auch nicht sicher, ob mir das gefiel.

Ich ging zu Poppy.

Ich küsste die weiche durchsichtige Haut auf der Innenseite ihrer Handgelenke.

Mit dem Mund spürte ich den blauen Adern zu den Ellbogen nach.

Poppy holte tief Luft … hielt den Atem an …

Dann sprang sie aus meinen Armen. Sie lief zur Tür und blieb dort stehen, zitternd, mit bebenden Schultern und bibberndem Kinn.

Als sie am Türrahmen herab in die Hocke glitt, stachen ihre nackten Knie aus dem schwarzen Rock, und sie legte die Hände an die Wangen.

Es klopfte.

Wir zuckten zusammen.

Poppy sah zu mir hoch.

»Lauf ins Musikzimmer und versteck dich«, flüsterte ich. »Wenigstens, bis ich sie fertig gefesselt habe. Einverstanden?«

Poppy nickte und ging, aber glücklich sah sie nicht aus.

Es war ihre Idee gewesen, in der Nacht hierhin zu gehen, in ein Haus mit Geistern und Unversöhnlichen. Deshalb hatte ich nicht vor, sie zu bemitleiden.

Oh nein.

Ich wartete zehn Sekunden, dann ging ich die Treppe hinunter und öffnete die Haustür. Wink. Das blasse Gesicht glänzte im Dunkeln. Sie sah mich an, ich sah sie an. Sie nickte. Ich nickte zurück.

»Wink«, sagte ich laut, damit Poppy es hören konnte.

Ich führte sie ins Musikzimmer, den Arm um ihre schmale Taille geschlungen, den Mund an ihrem Ohr und spielte meine Rolle.

Vorbei an der abblätternden Tapete, vorbei am grünen Sofa.

Weiter zum Flügel.

Als ich Wink dagegenlehnte, flatterten die Seiten des Rachmaninoff und der Flügel machte ein tiefes kehliges Geräusch, als würden sich die Pedale verschieben und die Drähte verziehen. Doch er bewegte sich nicht.

Ich küsste sie. Ich küsste sie, um den Trick glaubhaft erscheinen zu lassen. Ich küsste sie, damit Poppy es sah. Sie sollte es sehen. Ich ließ meine Hände über Winks Rücken zu ihrem Nacken gleiten und sie lehnte den Kopf hinein.

Ich ließ mir Zeit.

»Los geht's«, flüsterte ich Wink ins Ohr. Ich spürte, wie sie an meiner Wange nickte.

»Wink, bitte schließ doch mal die Augen«, sagte ich laut.

»Und lass sie hübsch geschlossen. Ich habe ein Geschenk für dich.«

»Okay«, sagte sie leise, ganz leise.

Als ich meine Arme wegnahm, blieb Wink, wo sie war, mit dem Kopf im Nacken, und die Spitzen ihrer roten Haare fielen auf den Deckel des Flügels.

Ich warf einen schnellen Blick in die Ecke am Panoramafenster. Keine Spur von Poppy, nicht einmal ein Umriss war zu sehen. Doch ich wusste, dass sie dort war.

Ich musste an die Trippelgeräusche denken, die ich zuvor gehört hatte, und wünschte, die Ratten würden über ihre Füße laufen und ihre Knöchel anlecken.

Dann bekam ich ein schlechtes Gewissen.

Ich kniete mich hin und holte das Seil aus dem Rucksack.

Rasch schlang ich es um Winks Handgelenke und zog es stramm.

Sie riss die Augen auf.

»Was machst du denn da, Midnight?« Ihre Stimme traf perfekt den richtigen Ton. Kleinlaut und beklommen und schon ein wenig ängstlich. »Was ist das? Was hast du vor?«

»Ich fessele dich an den Flügel«, antwortete ich freundlich und locker. »Ich werde gleich gehen und dich heute Nacht hier allein lassen.« Ich schlang das andere Ende des Seils um das Bein des Flügels und zog die Schlinge zu. Winks Arme wurden zur Seite gerissen und sie fiel auf die Knie.

Sie fing an zu weinen, erst leise, dann lauter.

»Warum, Midnight, warum? Warum? *Warum?*«

Die Bells weinten nie. So waren sie nun mal. Wenn Poppy aufgepasst hätte, wäre ihr das aufgefallen. Dann hätte sie etwas gemerkt.

Stattdessen lachte sie. Sie lachte und kam aus der Ecke angelaufen. Sie lachte und zeigte mit dem Finger und tanzte geradezu vor Schadenfreude. Eigentlich war verabredet, dass sie in ihrem Versteck blieb, doch sie schaffte es einfach nicht.

Damit hatte ich gerechnet.

»Wildviech, du bist an den Flügel gefesselt und verbringst die Nacht mit den Geistern. Geschieht dir recht. Was meinst du, ob deine Einhorn-Unterwäsche den Geistern gefällt? Ja? Ich kann es gar nicht erwarten, das Ganze den Gelben zu erzählen. Sie werden sich *bepissen.*« Lachen, Lachen, Lachen.

Ich ließ sie kurz gewähren. Winks schauspielerische Leistung war tadellos. Ich wollte ihr nur weiter zusehen. Ich schaute einfach weiter zu.

Wink wich zurück, weg von Poppy und zog an dem Seil und rutschte über den Boden, als hätte man sie getreten. Sie machte sich ganz klein, zog die Knie unters Kinn, legte die Arme über den Kopf mit dem wirren roten Haar. Ihre grünen Augen glänzten im Schein der Taschenlampe – *wild*. Wild, wild. Sie presste die Lippen zusammen und saugte sie zwischen die Zähne.

»Das wirst du bereuen, du wirst es bereuen.« Ihre Stimme war so hoch und klar, dass ich kaum noch etwas von Wink darin wiederfand. »Sie werden dich jagen. Sie werden dich finden. Sie schlitzen dich auf und schlürfen dein Blut, schlürf, schlürf, wie eine Katze die Milch …«

Poppy lachte nicht mehr.

Wink hustete und hustete und wurde von oben bis unten durchgeschüttelt, Beine, Kopf und Hände.

Dann beruhigte sie sich wieder.

»Die Unversöhnlichen sind so gierig, so gierig …« Ihr Blick zuckte in die Zimmerecke, und zurück, und in ihren Augen lag etwas, das war … falsch … so falsch …

Ich bekam eine Gänsehaut, sie kroch mir den Rücken hoch, bis zur Kopfhaut.

»Sie ... sie wollen deinen Kopf aufschlagen, auf, auf, Poppy, all deine kleinen Geheimnisse ausgraben, die sich winden, winden wie Maden, ausgraben und zerquetschen, matsch, matsch, matsch ...«

Winks Stimme wurde leiser und leiser.

»Sie haben mir Dinge über dich erzählt, Poppy. Komm mal näher ... komm näher, dann erzähle ich dir, was sie gesagt haben. Das willst du doch wissen, das musst du doch wissen ... «

Poppy ging zu Wink. Sie ging direkt zu ihr, Schritt, Schritt, Schritt, knarz, knarz, knarz. Sie bückte sich ...

Und Wink stürzte sich auf sie.

Sie packte Poppys Arm und drückte zu, bis ihre Knöchel weiß wurden.

»Nimm ihren anderen Arm«, sagte sie gelassen, gelassen.

Ich griff zu. Ich schlang die Finger um den Ellbogen, den ich eben noch oben geküsst hatte. Ich tat es, obwohl mir davon schlecht wurde. Tief in meinem Innersten fühlte ich mich schwach und krank.

Wink war stärker, als sie aussah. Sie drehte Poppy den Arm auf den Rücken und drückte ihn brutal nach oben. Ich band das Seil erst um das eine Handgelenk und dann um das andere, ganz schnell, bevor Poppy auf die Idee kam, sich zu wehren. Ich zog ...

Doch es war Wink, die Poppy auf die Knie zwang. Wink, die den Dreifachknoten machte, so fest, dass Poppys Hände an das Bein des Flügels gequetscht wurden.

Poppy sah zu mir hoch. In ihrem Blick dämmerte Verständnis.

Und dann schrie sie.

Auch damit hatte ich gerechnet.

»Keiner kann dich hören«, sagte ich. »Du kannst dir die Seele aus dem Leib brüllen und trotzdem hört dich niemand.«

Nachdem ich das gesagt hatte, hätte ich selbst beinahe geheult. Nur ein bisschen.

Poppy hörte auf zu schreien und schluchzte nur noch, laut und hässlich, mit Tränen, Würgen und Schniefen.

»Wie kannst du nur? Wie kannst du mich hier allein lassen?« Ihre großen grauen Augen waren starr und flehend, die Wimpern waren nass und pechschwarz. »*Du weißt, wie viel Angst ich habe.* Midnight, *bitte.*«

Ich blickte von Poppy zu Wink, zu Poppy, zu Wink.

Ich schaffte das nicht.

Wink würde sagen, dass ich kein Held war.

Und Poppy würde mich als Feigling bezeichnen. Wenn ich sie jetzt freiließ, würde sie mich später auf jeden Fall als Feigling beschimpfen. Das war sonnenklar.

Andererseits …

Ich holte mein Klappmesser aus der Hosentasche, ließ es aufspringen und schnappte mir das Seil –

Wink stellte sich vor mich und hob die Hände, als hätte ich eine Pistole.

»Das ist nicht Poppy. Das ist die Gestalt im Abgrund. Und du hast sie gerade mit dem Schwert geschlagen. Sie ist das Ungeheuer und du bist der Held. Dieser Teil der Geschichte liegt in der Vergangenheit, Midnight. Wir gehen jetzt.«

Sie streckte ihre kleine sommersprossige Hand zu mir aus.

Und ich nahm sie.

Wir standen nebeneinander und Hand in Hand vor dem Ungeheuer.

»Ich liebe dich«, flüsterte Poppy. Sie atmete stockend, unterdrückte ein Schluchzen und sagte es noch einmal. »Ich liebe dich, Midnight.«

Die Tränen fielen von der kleinen schiefen Kuhle an ihrer Nase auf ihr perfektes Kinn und liefen ihren schlanken Hals hinunter. Blonde Strähnen klebten an ihren Wangen. Sie wirkte wehrlos, die Arme in der Luft, mit nassem Gesicht und großen angsterfüllten Augen. Sie sah jung aus. So jung wie Bee-Lee. Noch jünger.

Sie sagte es noch mal. »*Ich liebe dich, Midnight.*«

Ich schüttelte den Kopf. Und zwar mit hocherhobenen Kinn und dem Messer in der Hand. »Nein, Poppy. Du hast mich nie geliebt. Nie, niemals.«

Dann gingen wir.

Poppy

Die Dunkelheit. Sie war zäh wie gerinnendes Blut, so dicklich, dass ich sie mit Händen hätte fassen können, wären sie nicht festgebunden gewesen. Ich hätte die Dunkelheit auf meine Handfläche setzen können. Ich spürte, wie die Schwärze atmete, keuchte, keuchte, das Dunkle, das Dunkle, das Dunkle.

Nicht mehr viel länger, viel länger konnte es nicht mehr dauern, meine Handgelenke pochten, brannten, meine Arme schliefen ein, sie fühlten sich tot an, wie tote Gewichte am anderen Ende meiner Schultern, doch ich kam hier nicht weg, noch nicht. Das Kratzen kam und ging mit dem Wind, der Wind reinigte die Luft, Blätter und Erde und Tau legten sich auf den Staub und das Dumpfe und den Tod und ich sog sie ein, saugte daran, als wären sie für mich gedacht, als könnte mich das retten.

Ich schrie wieder. Schrie, schrie, schrie. Ich verlor die Stimme, doch sie hielt die Dunkelheit ab und das Kratzen und das Wispern, wann hatte dieses Wispern begonnen? War es immer schon da gewesen? Wisper, wisper, unbekannte Worte, blöde Worte, klumpige Worte, sumpfige Worte, die Unversöhnlichen, Wink hatte sie sich ausgedacht, das wusste ich genau, das hatte ich immer schon gewusst, aber *wer wisperte dann*?

Mir taten die Handgelenke weh, und das Herz, es schlug so schnell, so schnell, ich kam nicht mehr mit, *Leaf wisperte mir etwas zu, wir waren auf der Wiese und ich lag neben ihm im Gras und er wisperte, wisperte, mein Innerstes wäre hässlich, und trotzdem küsste er meine Handgelenke, leidenschaftlich küsste er sie, so wild, dass sie brannten, in Flammen aufgingen, und ich hatte die Arme um ihn geschlungen, so fest, dass sie ganz taub geworden waren, und das war der Grund, das war der Grund, Wispern und Herzschlag, Wispern und Herzschlag, ringsum überall. Ich wollte mir die Ohren zuhalten, aber das ging nicht, die Wispernden kamen näher, so nah, dass sie mich berührten, in mir drin, durch meine Haut, in meinem Bauch, in meinem tiefsten Inneren, es war unerträglich, ich konnte es keine Sekunde länger ertragen …*

Ich schrie. Und schrie.

Ich fing an zu zählen, meine jagenden Herztöne, nur um sicher zu sein, eins zwei drei, eins zwei drei …

Doch dann, einfach so, wie eine Tür, die der Wind zuschlug …

War es still.

Ausnahmsweise war es ganz still.

Wink

Ich hörte sie schreien. Wir waren schon eine halbe Meile vom Roman-Luck-Haus entfernt und ich konnte sie immer noch hören. Midnight auch, er verkrampfte sich jedes Mal. Das spürte ich.

Es gibt immer noch böse Menschen, die im Wald Fallen aufstellen. Leaf und ich, wir haben einmal einen Präriehund gefunden, der mit der Ferse zwischen den Stahlzähnen steckte. Der Präriehund schrie und schrie. Er versuchte, Leaf zu beißen, und biss ihn tatsächlich tief in den Oberarm, aber Leaf gelang es trotzdem, ihn zu befreien. Der Präriehund lief auf seinen drei gesunden Beinen auf und davon, ohne sich noch einmal umzusehen.

Danach blieb Leaf zwei geschlagene Tage im Wald und wartete darauf, dass der Wilderer zu seiner Falle zurückkehrte. Als Leaf schließlich nach Hause kam, triefte sein Hemd vorne vor Blut. Mim fragte nicht nach. Mim stellte Leaf keine Fragen.

Ab und zu sehe ich den Präriehund mit den großen Ohren und dem buschigen Schwanz unter den Bäumen, die an die Farm grenzen, und dann sieht er mich an. Ich erkenne ihn an seinem Humpeln. Er beobachtet uns stets ein Weilchen und kehrt dann in den Wald zurück, zurück in sein Präriehundleben. Er ist auf der Suche nach Leaf, doch ich weiß nicht, wie ich ihm beibringen soll, dass Leaf nicht mehr da ist.

Ich hatte im Wald eine Falle aufgestellt.

Ich hatte eine Wölfin gefangen.

Die schrie jetzt.

Wenn Poppy die Wölfin war, und Midnight der Held …

Wer war dann ich?

Midnight

Wir wollten sie eine Stunde lang dort liegen lassen.

Nur eine Stunde.

Wink meinte, so lange würde man brauchen, eine Stunde mindestens, um ein Ungeheuer zu töten. Wir gingen auf den Heuboden und sie reichte mir eine Tasse Earl Grey und las aus den Teeblättern, nachdem ich ihn ausgetrunken hatte. Wink hielt die Tasse mit beiden Händen, die Ellbogen weit zur Seite gestreckt, und meinte, meine Blätter erzählten eine Geschichte von Hexen und Scheusalen und Prinzen.

Es fing an zu regnen, erst leise, dann immer heftiger, bis Blitze über den Himmel jagten.

Ich fragte Wink, was sie alles gesagt hatte, als sie am Flügel festgebunden war. Das über die hungrigen Unversöhnlichen und das Blutschlürfen und das Aufschlagen von Poppys Gehirn.

»Wie bist du nur darauf gekommen, Wink? Ich habe es geglaubt. Ich hatte Angst vor dir. Echt.«

Als Wink lächelte, schoben sich ihre Ohren nach oben. »Manchmal führe ich mit den Waisenkindern Theaterstücke auf. Hops und Moon mögen es möglichst irre. Da sie wollen, dass in all unseren Stücken Wahnsinnige vorkommen, spiele ich normalerweise eine Figur, die durch ein karges Moor wandert oder schreiend in einem Verlies eingesperrt ist, oder in einem Turm, oder auf einem Speicher. Mittlerweile kann ich das richtig gut. Mim sagt, wir sollten keine Irren spielen, weil das angeblich böse Geister anzieht …«

Wink zuckte die Achseln und zeigte dann zur Decke. »Ich hänge hier auf dem Heuboden einen Vorhang zwischen die Balken, das ist die Bühne. Peach möchte immer alle Rollen übernehmen und Bee-Lee will nie mitspielen, während Hops und Moon sich die ganze Zeit über ihren Text kaputtlachen. Es ist echt lustig.«

Mit einem Seufzer verschränkte ich die Arme hinter dem Kopf; mein Körper lag schwer im Heu.

Ich versuchte, nicht an sie zu denken. An Poppy. Da draußen in dem Haus. Allein. Mit ihrer Angst.

Ich war bei Wink hier auf dem Heuboden, genau da, wo ich sein wollte.

Als hätte sie meine Gedanken gelesen, kam Wink zu mir und schmiegte sich ganz fest an mich. Sie redete mal wieder über Dieb. Dass er nicht einfach nur noch ein Junge mit einer Mission und einem Schwert wäre. Sie erzählte, wie er durch die Hill Creeps lief, ohne verrückt zu werden, was nur den Mutigsten gelang. Sie erzählte, wie er Trill zum ersten Mal sah, als sie vor den schwarzen Hexenwölfen davonlief und ein langer weißer Schleier hinter ihr schwebte, während sie mit ihren nackten Füßen winzige Spuren im Schnee hinterließ.

Wink schob ihre Hand auf meinem Rücken über mein Hemd nach oben, über meine Wirbelsäule, rauf und runter, rauf und runter, rauf und runter, sanft, sanft, langsam, langsam und ich wurde ganz müde davon …

Ich streckte mich im Heu aus und seufzte.

Die Öffnung des Heubodens und den Nachthimmel behielt ich schön im Auge und versuchte, am Schein des Mondes die Zeit abzulesen, wie man es mit der Sonne macht …

Poppy schrie. Poppy weinte. Sie riss am Seil, mit blutenden Handgelenken. Roman Luck, der daneben stand, machte einen etwas verlorenen Eindruck, Martin Lind war zusammengebrochen und lag am Boden, stöhnte wegen seiner Kinder, während Ratten über ihn hinweghuschten. Und Wink schlug das Buch auf, Die Gestalt im Abgrund, *zeigte es mir, zeigte mir, wie sehr sich Dieb verändert hatte, dass er nun auch anders aussah, mit unsicherem Blick, hängenden Schultern und wirrem Haar …*

Ich schlug die Augen auf.

Und schloss sie wieder.

Auf. Zu. Auf.

Ich war eingeschlafen.

Ich war *eingeschlafen.*

»Wie lange ist es her, Wink? Wie lange ist sie da schon allein?«

Wink gähnte. Ihr Kopf lag unter meinem Kinn und ihre Arme schmiegten sich an meine Brust. »Keine Ahnung. Ich bin auch eingeschlafen.«

Ich drehte den Kopf zum Fenster.

Es war noch dunkel, aber bald graute der Morgen. Ich sah, wie die Dämmerung am Horizont ihre Krallen in die Nacht schlug.

* * *

Auf dem Weg teilten wir uns einen Apfel, den Wink aus einer ihrer tiefen Taschen gezaubert hatte. Eigentlich war mir nicht nach Essen zumute, aber ich biss immer wieder ab, weil ich hoffte, dass ich mich durch den frischen vertrauten Geschmack wieder normaler fühlen würde.

Nach dem Sturm war der Weg nass und meine Schuhe sanken in den Matsch und die alten Kiefernnadeln ein.

Ich wollte zu Poppy rennen, so schnell, als wäre jemand hinter mir her, als wäre mir einer von Winks Hexenwölfen mit gefletschten Zähnen auf den Fersen, sodass mein Herz raste, ich schwitzte, keuchte, Wind auf den Wangen.

Wieso rannte ich nicht?

Ich wollte sie losschneiden und ihr versichern, wie leid es mir tat, schrecklich schrecklich leid. Das wünschte ich mir so sehr, dass ich geradezu das Seil unter meinen Fingern spürte, den kalten Stahl meines Messers, ihr wirres blondes Haar, die Erleichterung in ihrem Blick …

Doch ich wurde immer langsamer, je weiter wir kamen.

Der Apfel war sauer und saftig und das fühlte sich echt an.

Das.

Mit Wink auf dem Weg, der Apfel, die frische Luft.

Im Gegensatz zu dem davor, im Haus, mit den Trippelgeräuschen und Winks Unversöhnlichen und Poppy, oh Poppy …

Das Dach über dem Speicher des Roman-Luck-Hauses. Plötzlich ragte es aus Ästen und Blättern.

Ich blieb stehen.

»Habe ich das geträumt?«, fragte ich Wink. »Habe ich mir das alles zusammengeträumt, was wir getan haben?«

Sie sah mich an und schüttelte den Kopf. »Nein, Midnight.« Sie biss ein letztes Mal in den Apfel und warf ihn dann in den Wald.

Ich konnte nicht ins Haus gehen. Ich stand auf der kaputten, zersplitterten Treppe und konnte nicht hineingehen.

Es war schon heller geworden. Der Himmel war grau, nicht mehr schwarz.

Ich grübelte, wie lange Poppy wohl geschrien hatte, bevor sie aufgab.

Ich würde den Klang ihrer Schreie nie mehr aus dem Kopf bekommen, beziehungsweise aus dem Herzen.

Ist es das, was einen zum Helden macht? Ist es das, was Wink gemeint hat?

Ich überlegte, ob Poppy versucht hatte, das Seil durchzubeißen. Oder ob sie daran gezogen hatte, bis ihre Handgelenke bluteten wie in meinem Albtraum.

Ich überlegte, was für ein Mensch sie von nun an war.

Ich überlegte, was für ein Mensch ich von nun an war.

Wink nahm meine Hand und zog mich über die Schwelle ins Roman-Luck-Haus.

Durch den Flur.

Ins Musikzimmer.

Poppys Arme lagen über ihrem Kopf, glatt und durchsichtig in dem trüben Licht der Morgendämmerung. Ich konnte die Adern auf der Innenseite ihrer Ellbogen sehen. Ihre rechte Wange lag an ihrer Schulter. Ihre Augen konnte ich nicht sehen.

Blut. Hauchdünne geronnene Fetzchen über Kinn und Hals verteilt.

»Anscheinend hat sie so schlimm geweint, dass sie sich auf die Zunge gebissen hat«, flüsterte Wink. Ihre Stimme war leise und gelassen und normal … doch die Sorge stand ihr ins Gesicht geschrieben.

»Poppy«, rief ich mit der tiefen starken Stimme eines Helden. »Poppy, wach auf. Wir lassen dich jetzt gehen. Es tut uns leid, dass wir dich die ganze Nacht hier allein gelassen haben, aber du kannst jetzt gehen.«

Sie regte sich nicht. Ich zückte mein Taschenmesser und

klappte es auf. Als ich einen Schritt machte, knarrten die Dielen.

Kein Flattern der Augenlider. Kein Stöhnen. Kein Zucken und Winden. Nichts.

Ich warf einen Blick über die Schulter zu Wink. Sie war … sie war … sie schaute … irgendwas …

… stimmte nicht.

Stimmte nicht.

Wink lief hin. Fiel auf die Knie, die Wange an Poppys Brust, das Ohr über ihrem Herzen.

»Das Messer«, sagte sie. »Schnell.«

Ich schnitt ins Seil, hackte, hackte und hackte, *wieso hatte ich die blöden Umzugskartons mit meinem Messer kleingemacht? Alabama hatte mir gesagt, dass Pappe die Klinge stumpf macht …*

Das Seil zerriss.

Poppys Arme fielen herunter, schwer wie Blei. Wie Stein. Ihr Rock war hochgerutscht und ihre Hände klatschten auf ihre nackten Beine, bevor sie auf dem Boden landeten.

Wink nahm Poppy in den Arm. Sie legte ihren Kopf an ihre Schulter, sanft, ganz sanft.

Ich hörte auf zu atmen.

Der Raum verschwamm an den Rändern.

Wink starrte mich an. Ihre Augen waren riesig, untertassengroß wie bei dem Hund in der Geschichte, die sie auf dem Heuboden vorgelesen hatte, über das Pulverfass und den Soldaten.

Poppy bewegte sich, ein ganz klein wenig, nur der Mund.

»*Midnight.*«

Ihre Stimme schlich sich leise an wie ein Dieb in der Nacht.

»*Midnight.*«

Ihre Augenlider flatterten …

Ich ertrug das nicht, ich konnte es nicht ertragen, sie anzusehen. Ich wollte nicht sehen, was ihre Augen zu sagen hatten, sobald sie sie aufgeschlagen hatte …

Ich wandte mich ab und schaute stattdessen auf die flatternden roten Vorhänge.

»*Midnight.*«

Die roten Vorhänge flatterten und flatterten. Im Licht der Morgendämmerung war unverkennbar, wie schmutzig sie waren. Sonnengebleicht, stellenweise zu Rosa verblichen, verstaubt und verdreckt. Flatter, flatter.

»*Du bist nicht zurückgekommen*«, sagte sie. »*Du hast mich hier allein gelassen und bist nicht zurückgekommen.*«

Ich sah Poppy nicht an. Ich sah Wink nicht an. Ich starrte nur die ganze Zeit auf das rote Flattern Flattern.

Flattern. Flattern.

Ich lief los.

Durch den Flur zur Tür hinaus die Treppe hinunter und in den Wald hinein.

Ich lief weg.

Helden liefen nicht weg.

Ich war kein Held.

Ich drehte mich um, blickte zurück und sah Wink, die hinter mir herrannte, mit Kastanienrock und Sommersprossen und untertassengrünen Augen.

Sie war schnell. Sie holte auf. Sie packte mich und hielt mich fest.

Ihre Haut verschmolz mit meiner, Blut mit Blut, Knochen mit Knochen. Wir hielten uns im Arm und verschmolzen miteinander, als die Sonne in den Himmel platzte und die Vögel anfingen zu singen.

»Ich muss gehen«, sagte Wink. »Ich habe Poppy auf das grüne Sofa geholfen, aber es geht ihr nicht gut, Midnight. Sie wollte nicht, dass ich sie allein ließ. Du musst zu ihr zurückgehen. Bleib bei ihr. Ich hole Mim.«

Wink

Die Wölfin sah nicht mehr wie eine Wölfin aus, als sie mit getrocknetem Blut im Gesicht an den Flügel gefesselt war.

Sie sah nur wie ein Mädchen namens Poppy aus.

Midnight

Ich tat es wirklich. Ich ging zurück.

Das grüne Sofa war ein Durcheinander aus blonden Haaren und schwarzem Rock und langen Beinen. Ich kniete mich davor. Da sie die Augen geschlossen hielt, wusste ich erst nicht, was ich tun sollte. Deshalb tupfte ich ihr zunächst mit einem Hemdzipfel das Blut um den Mund ab.

»Ich kann meine Arme nicht bewegen«, sagte sie.

Sie war heiser, ihre Stimme rau und leise. Ihre Wangen waren bleich und wächsern und ihre Haut war kalt, schneekalt, eiskalt.

»Meine Hände sind taub, so taub, Midnight. Ich kann sie überhaupt nicht bewegen.«

Am liebsten hätte ich mich umgedreht und wieder die Vorhänge angesehen.

Am liebsten wäre ich weggelaufen.

Doch ich tat es nicht. Diesmal tat ich es nicht.

Ich rieb ihre Arme von den Schultern zu den Fingerspitzen. Ich rieb, bis mir die Finger wehtaten, immer wieder von oben nach unten und wieder von vorne, *bitte beweg deine Arme wieder, Poppy.*

Endlich, endlich zuckte ihre rechte Hand. Und dann der ganze Arm. Und dann setzte sie sich hin und schrie. Sie wiegte den einen Arm im anderen und schrie einfach nur.

Als kleiner Junge hatte ich mich manchmal nachts verlegen und dann waren mir die Beine eingeschlafen. Später wurde ich zu Tode erschrocken wach, weil ich mich nicht mehr bewegen konnte und sicher war, dass ich meine Beine bei einem schrecklichen Unfall verloren hatte. Wenn ich dann schrie, kam Alabama angelaufen. Er setzte sich zu mir und beruhigte mich, dass es mir bald wieder gut ginge, warte einen Moment, nur einen Moment noch, bis *wuusch* das Blut zurückschoss. Und das tat weh, Mann, tat das weh. Ich saß dann da und zitterte und schlug mit den Fäusten auf meine Beine, aber Alabama blieb ganz ruhig und cool und versicherte mir die ganze Zeit, der Schmerz wäre etwas Gutes und bedeutete, dass alles in Ordnung wäre. So machte er weiter, bis ich mich wieder bewegen konnte. Bis ich wieder schlafen konnte.

Poppy schrie und zitterte auf Romans schäbigem grünem Sofa und ich versprach ihr wieder und wieder, dass es ihr bald wieder gut ginge, immer von Neuem, genau wie Alabama.

Ich hatte vorher schon ein schlechtes Gewissen gehabt, aber das war *nichts* dagegen, wie ich mich jetzt fühlte.

»Gleich geht's dir wieder gut«, sagte ich. »Gleich geht's dir wieder gut.«

Endlich, endlich blieben ihre Arme schlaff auf ihrem Schoß liegen und sie beruhigte sich.

Poppy schlug die Augen auf.

Ich sah hin. Das war ich ihr schuldig.

Ihr Blick war voller Angst. Und so verletzt. *So* verletzt. Ich hatte nicht gewusst, dass man so verletzt aussehen konnte.

»Ihr müsst mich wirklich alle hassen«, flüsterte sie mit ihrer stillen und kratzigen Stimme, als hätte man sie über Schotter gezerrt. »Echt, ihr müsst mich echt hassen.«

Ich leugnete es nicht. Das ging nicht.

Es stimmte.

Ich hasste sie.

Plötzlich fühlte ich mich krank. Als hätte ich die Grippe, kombiniert mit Schlafmangel und einer kalten, klammen Angst. Der Raum verschwamm und ich sah Punkte …

»Lass mich in Ruhe«, flüsterte Poppy. »Geh weg, Midnight, und lass mich einfach nur in Ruhe.«

Ich gehorchte.

Ich rannte aus dem Haus. Ich rannte hinaus und ließ sie dort. Schon wieder, das Ganze wieder von vorn.

Auf dem Weg begegnete ich Wink und Mim.

Mim hatte ihr rotes Haar zu dicken hochgesteckten Zöpfen geflochten und ihr langer roter Rock schwang über den matschigen Weg, sodass sich der Saum schwarz färbte.

Sie blieben stehen und sahen mich an.

Mim machte einen gleichmütigen Eindruck. Sie war nicht nervös oder verwirrt. Auch nicht besorgt. Einfach gleichmütig. »Du bist sehr blass«, sagte sie mit einem mütterlichen Seitenblick.

»Ich habe Poppy dagelassen. Ich habe sie einfach im Haus zurückgelassen. Ich konnte ihren Blick nicht mehr ertragen. Ich … «

Ich blinzelte heftig. *Ich fange jetzt nicht an zu weinen. Verdammt, Wink soll mich nicht weinen sehen.*

Mim nickte nur. »Wink hat mir schon etwas erzählt, allerdings sehr wenig. Wie kam es dazu, dass das Mädchen die ganze Nacht an den Flügel gefesselt war?«

Wink sah mich an, ich sah sie an. Dann blinzelte ich weiter.

»So war es eben«, sagte Wink schließlich.

Mim sah uns durchdringend an, jetzt doch misstrauisch und wachsam. Sie nahm die Hände von den Hüften und streckte eine zu mir und eine zu Wink aus. »Zeigt mir eure Handflächen. Schnell. Alle beide.«

Ich legte meine offene Hand in Mims starke schwielige Finger. Wink tat das Gleiche. Mim beugte sich darüber.

»Das reicht«, sagte sie im nächsten Moment und ließ meine Hand los.

Dann las sie in Winks. Zehn Sekunden, zwanzig.

Wink schaute zu ihrer Mutter hoch und ihre Blicke trafen sich, Grün in Grün. Etwas geschah zwischen ihnen … ein Flackern …

»Ihr seid zu weit gegangen«, sagte Mim so leise, dass ich sie fast nicht verstanden hätte.

Sie sah Wink noch einmal lange an, ließ ihre Hand los und ging zum Roman-Luck-Haus.

Wir trotteten hinter ihr her.

Durch die Haustür und den Flur ins Musikzimmer.

Doch wir kamen zu spät.

Poppy war bereits fort.

Wink

Mim machte sich in der Küche zu schaffen und kochte goldene Kurkumamilch. Sie sagte kein Wort.

Ich stand in der Ecke und schaute ihr zu, doch sie sah mich nicht an. Kein einziges Mal.

Sie war sauer.

Und keiner wusste, wo Poppy war.

Es gab ein Heubodenbuch mit dem Titel *Der Wolf, der nicht heulte*. Es handelte von einer weißen Wölfin, deren ganzes Rudel in einem langen kalten Winter verhungerte. Danach war sie zu traurig und zu einsam, um zu heulen. Es war eine traurige Geschichte und ich las sie den Waisenkindern nur selten vor.

Wir hatten das Ungeheuer getötet, Midnight und ich.

Wir hatten Poppy ihr Wolfsgeheul genommen.

Midnight

Wink saß auf einem Heuballen und ich saß auf den Dielen des Heubodens; ich lehnte an ihren mageren Knien und sie hatte die Hände in meinem Haar vergraben.

»Meinst du, Poppy ist einfach nach Hause gegangen, Wink? Ich mache mir echt Sorgen um sie, Wink.«

Wink summte ihr leises *Hmmm*. »In *Das Elfenunheil* wurde Jennie Slaughter von der Baumfee von ihren Ketten befreit und ist drei Jahre lang durchs Moor gestreift, weil sie nicht mehr wusste, wer sie war und wo sie zu Hause war. Vielleicht hat Poppy den Verstand verloren und streift durch die Wälder wie Jennie.«

Als ich den Kopf bewegte, glitten ihre Hände aus meinem Haar. »Das werde ich nie vergessen, wie sie da lag, die Hände an das Bein des Flügels gefesselt und das geronnene Blut auf ihrem Gesicht und die hellblauen Adern auf ihren weißen Armen. Das hat sich mir in den Kopf gebrannt. Für immer.«

»Ich weiß, wie ein toter Mensch aussieht«, sagte Wink nach einer längeren Pause. »Ich weiß, wie sich ein toter Mensch *anfühlt*. An jenem nebligen Tag habe ich Alexander im Arm gehalten. Poppy war kurz davor zu sterben, als wir sie fanden, Midnight. Ihre Haut war kalt und hatte einen blauen Schimmer … sie war kalt und feucht und steif …«

»Wer ist Alexander?«

»Niemand.«

»An welchem nebligen Tag?«

Schweigen.

Ich stand auf und ging zur Öffnung des Heubodens. Von dort starrte ich auf die Farm hinunter und beobachtete, wie Hops und Moon versuchten, wie die Affen nur mit Händen und Füßen an der Seite von Winks Haus hochzuklettern, während Peach sie abwechselnd lautstark aufmunterte und kritisierte.

Ich setzte mich wieder und Wink strich mit den Fingerkuppen über meine Kopfhaut. Sie duftete nach Zimt. »Mim weiß, dass wir es waren. Sie weiß, dass wir sie gefesselt und allein gelassen haben.«

Winks Finger bewegten sich nicht mehr. »Ja.«

»Ist sie sauer?«

»Ja.«

Ich drehte mich um, damit ich ihr Gesicht sehen konnte.

Durch die Sommersonne traten Winks Sommersprossen deutlicher hervor. Sie waren dunkler als noch vor ein paar Tagen. Ihre sommersprossige Haut war so anders als Poppys perfekter milchweißer Teint. Und sie gefiel mir. Sie gefiel mir so sehr, dass es wehtat.

»Wink, ich habe Angst, dass die Nacht im Roman-Luck-Haus Poppy dauerhaft Schaden zugefügt hat. Ich spüre in meinem Herzen nicht, dass es richtig von uns war.«

»Wenn du sie nicht davon abgehalten hättest, hätte sie mir das Gleiche angetan. Manchmal kann man das Böse nur mit Bösem bekämpfen.«

Doch ich hatte gesehen, wie Poppy gezittert hatte, endlos gezittert, und ich hatte sie dennoch gefesselt im Roman-Luck-Haus allein gelassen. Und dann war ich eingeschlafen und erst in der Morgendämmerung zurückgegangen, um sie loszumachen.

»Du hast das Ungeheuer vernichtet, Midnight. Das ist die Aufgabe des Helden.«

Nachdem Poppy mich ewig und drei Tage angelogen hatte, glaubte ich eigentlich niemandem mehr irgendwas. Höchstens Alabama, doch der war in Frankreich.

Andererseits *wollte* ich Wink glauben.

Als sich unsere Blicke trafen, verschatteten sich ihre Augen, als wüsste sie Bescheid. Als hätte sie meine zweifelnden Gedanken gelesen.

Und dann fiel sie mir um den Hals und schlang die Arme fest um meinen Nacken, legte die Wange in die Mulde und schmiegte ihre Haut an meine. Sie vergrub die Hände in meinen Haaren und flüsterte mir Dinge ins Ohr, über Helden, über Dieb …

Bee-Lee kam die Heubodenleiter hoch. Ich wusste, dass sie es war, weil sie ein Liedchen über Meisen und Werwölfe trällerte. Als sie oben war, ging sie direkt zu mir, als hätte sie etwas gespürt. Sie strich mit ihren klebrigen Fingern über meinen Handrücken und lächelte mich an.

»Geht's dir gut, Midnight?«

Ich schüttelte den Kopf.

»Ich habe auch mal einen schlechten Tag.« Sie holte eine Erdbeere aus der Tasche, zwickte den grünen Stängel ab und reichte sie mir. »Morgen geht es dir schon besser. Das sagt Mim immer. Iss einfach die Erdbeere und warte auf morgen.«

* * *

Ich ging zu Poppys Haus. Dort blieb ich zehn Minuten vor ihrer Haustür stehen, ohne zu klingeln.

Erst als ich schließlich wieder gehen wollte, entdeckte ich Thomas, der im Gebüsch lauerte und mich beobachtete.

Er sagte nichts. Ich sagte nichts.

Ich aß spät mit meinem Vater zu Abend, weil es ihm so gefiel. Es gab Sandwiches mit Tomaten, Mozzarella und Pesto, und wir saßen auf den Stufen unserer Vordertreppe mit Ausblick auf den Obstgarten, den Bach und die Farm der Bells.

Außerdem gab es Glühwürmchen.

Auch wenn ich besonders still war und mein Vater vielleicht ahnte, dass irgendetwas nicht stimmte, stellte er keine Fragen.

Mein Zimmer roch nach Jasmin. Der Duft hing schwer und feucht in der Luft. Ich zog mich rasch aus, warf mich aufs Bett und redete mir ein, dass es in Wirklichkeit nicht so war. Poppy war nicht in meinem Zimmer, sie würde nie wieder in meinem Zimmer sein. Dafür hatte ich gesorgt.

Ich hatte eine Entscheidung getroffen. Mein Wunsch war in Erfüllung gegangen.

Meine Mutter kochte im Herbst immer Kürbis-Kakao. Sie gab Milch, Vanille, Zimt, Ahornsirup und Schokolade in einen Topf und wenn alles schön warm war, rührte sie eine Dose Kürbismus hinein. Alabama und ich tranken wahre Weckgläser davon und jetzt reichte schon das Knistern welken Laubs unter meinen Schritten, um den Duft kristallklar heraufzubeschwören, als hätte ich einen Becher davon vor mir stehen.

Mit dem Jasmin … war es wie mit dem Kürbis-Kakao. Es war alles nur in meinem Kopf.

Dennoch träumte ich von ihr. Ich träumte, sie käme durchs Fenster und legte sich neben mich und ihr blondes Haar läge wie ein Fächer auf meiner Brust.

Wink

Jetzt nahm die Geschichte Fahrt auf.

Die Fäden wurden gesponnen.

Midnight war aufgewühlt. Er hatte das Ungeheuer vernichtet. Das war immer ein Wendepunkt in der Mission des Helden, zum Beispiel wenn Peter den Wolf auf der anderen Seite des Wandschranks tötet und der Löwe ihm sagt, er soll sein Schwert reinigen. Zum Beispiel wenn Elsbeth in *Elsbeth Ink und die Sieben Wälder* Jacob das Herz herausschneidet, es am Spieß röstet und seiner Geliebten zu essen gibt.

In gewissen schottischen Sagen kommen Menschen vor,

die in die Highlands gehen und im Nebel verschwinden und nie wieder gesehen werden.

Das ist auch Roman Luck passiert.

Das ist meinem Vater passiert. Er verschwand im Nebel. Ich hatte ihn für den Helden gehalten, doch er war nur ein Mann.

Ich habe Midnight erzählt, dass ich Alexander an dem Tag, an dem er starb, im Nebel gehalten habe. Alexander war der Held in *Ein Mantel, ein Dolch, eine Reise* – dabei war er am Ende doch allein gewesen, als das Gift sein Herz erreichte. Er ist auf die Straße gefallen und hat die goldene Pfeife umklammert, die ihm die Prinzessin mit den schwarzen Haaren an dem Tag geschenkt hatte, an dem er ihr das Leben rettete.

Ich stellte mir vor, wie es wohl gewesen war, es stand mir klar vor Augen, der kalte Dunst auf meinem Hals und wie seine Augen dunkel wurden, sein Körper steif in meinen Armen. Es war wirklich wahr. Es war passiert.

An diesem Abend kam Mim später noch in mein Zimmer, als die Waisenkinder bereits schliefen. Sie fragte mich, ob ich ihr etwas zu sagen hätte.

Ich schüttelte nur den Kopf und schwieg.

Midnight

Ich lag ausgestreckt auf dem Bett und starrte in die Dunkelheit. Es regnete schon wieder. Ich blieb so lange in meinem Zimmer, dass Dad irgendwann klopfte und mir eine Tasse Grüntee brachte. Ich stand auf, nahm sie entgegen und schlüpfte wieder unter die Decke.

Ihr zusammengesackter Körper, blau im grauen Licht.

Ihr Blick.

Wie sie geschrien hat, als das Blut zurückrauschte.

Ich warf mir eine Jacke über und ging durch den Regen in die Stadt. Ich nahm den langen Umweg in Kauf, denn ich wollte nicht am Roman-Luck-Haus vorbeigehen.

Ich stand vor ihrer Haustür. Ohne zu klingeln.

Das hatte ich an den beiden vorangegangenen Tagen morgens auch getan.

»Sie ist nicht da.« Als Thomas aus dem Schatten der Fliederbüsche trat, klebte sein blondes Haar an seiner Stirn. »Keiner weiß, wo sie ist. Ihre Eltern sind auf einem Ärztekongress und niemand weiß, wo sie ist. Niemand wird die Tür aufmachen, Midnight.«

Mein Herz setzte einen Schlag aus. Thomas hatte Poppy auch nicht gesehen? Ich dachte, sie würde mir aus dem Weg gehen, aber eben nur mir. »Ich muss mit ihr reden, Thomas. Dringend. Ich bin sicher, dass sie hier irgendwo ist, wahrscheinlich ist sie nur am Fluss. Sie liebt Picknick im Regen, Brot und Käse und eine Flasche Wein und dicke kalte Regentropfen im Gesicht.«

»Da habe ich zuerst nachgesehen.«

»Dann könnte sie noch im Café sein, in dem mit den hohen Decken und den karamellfarbenen Lattes.«

Er schüttelte den Kopf.

»Oder in der Kirche – sie sitzt gern in der hintersten Bank und hört zu, wenn der Organist übt.«

Thomas' Augen waren rot und er wirkte … irgendwie kleiner. Fast zerbrechlich. »Sie ist weg. Verschwunden. Ich hatte schon befürchtet, dass so etwas passieren könnte. Darum bewache ich ja ihr Haus.«

»So etwas?« Ich fing schon schrill an und wurde zum Ende der Frage noch schriller.

»In der letzten Zeit war Poppy traurig. Richtig traurig. Hast du das nicht gemerkt?«

»Poppy ist nicht traurig. Sie ist nie traurig. Sie lacht über alles. So habe ich sie kennengelernt. Sie lacht einfach, immer.«

Das war gelogen.

Ich hatte gesehen, wie sie sich die Augen aus dem Kopf geweint hatte – vor drei Nächten.

Als Thomas den Kopf schüttelte, flogen seine nassen Haare. »Wenn du das nicht durchschaust, ihre Art, alles von sich zu weisen, um sich zu schützen, dann verdienst du es nicht, sie zu kennen. Das ist doch alles nur Theater, Midnight. *Theater.* Seit ihrer Kindheit hat sie eine immer perfektere Rolle gespielt, und sie ist wirklich spitze, trotzdem ist es nur Theater.«

Poppy, wie sie schluchzte und schrie, als sie begriff, dass ich sie wirklich allein lassen würde, ganz allein, in diesem Haus …

Wie gut kannte ich das Mädchen, mit dem ich seit einem Jahr das Bett teilte?

Thomas redete weiter und starrte am Pavillon und den Sträuchern vorbei, als wäre ich gar nicht da.

»… Briggs und seine Wutanfälle, was er da alles gesagt hat, als er uns das letzte Mal zusammen erwischt hat. Poppy lachte ihn aus, wie immer, aber er hat so gemeine Sachen gesagt, unfassbar *gemein*. Er hat gesagt, sie wäre eine verlogene verzogene Göre. Und dass niemand sie jemals wirklich lieben würde, dass sie keine Liebe verdiente, dass sie verdiente, allein zu sterben. Aber das hat niemand verdient, niemand … «

Thomas legte die Hände auf die Augen und drückte zu. Es fing erneut an zu regnen und die Tropfen fielen auf seine Finger und liefen über seine Hände und Unterarme. Ich zog den Reißverschluss meiner Jacke zu und wartete.

Er nahm die Hände vom Gesicht und sah mich an, mit roten roten Augen. »Ich fürchte, dass Poppy weggelaufen ist. Das hat sie letztes Jahr schon mal gemacht. Da war sie drei Tage weg. Wusstest du das?«

Allerdings.

»Wir müssen sie finden. Wir müssen ihr helfen, Midnight.«

»Okay«, sagte ich. »Okay, Thomas.«

»Dann hilfst du mir also? Du hilfst mir suchen? Ich traue Briggs nicht über den Weg. Den anderen Gelben auch nicht. Die sollen das am besten gar nicht wissen. Weil sie Poppy hassen. Sie laufen ihr hinterher und tun, was sie sagt, aber sie hassen sie alle.«

Als ich das nasse Gras betrachtete, verschwamm der Rasen in einem verschwommenen grünen Strudel. Einen Augenblick lang fühlte ich mich wieder krank. Ich legte die Hand aufs Herz und atmete tief durch.

Hatte Thomas etwa recht?

Ihr müsst mich wirklich alle hassen, hatte sie auf dem Sofa im Roman-Luck-Haus geflüstert. *Echt, ihr müsst mich echt hassen.*

»Was sollen die Gelben lieber nicht wissen? Dass sie verschwunden ist?«

»Nein, das wissen sie natürlich schon. Sie sollen nichts von dem Brief erfahren.« Thomas steckte die Hand in die Tasche seines Kapuzenpullovers und holte ein schwarzes Stück Papier hervor. »Das habe ich letzte Nacht in unserem Versteck gefunden. In einer Baumhöhle auf dem Green William Cemetery. Außer Poppy und mir kennt das keiner.«

Er reichte mir den Zettel mit einem flehenden Blick.

Ich schlug den Brief auf und schützte ihn mit dem Arm vor dem Regen.

Silberne Schrift, silbern auf schwarz:

Ich habe Angst, Thomas, ich habe Angst vor mir selbst, ich habe Angst vor dem, was ich tun werde.

Wenn es so weit ist, springe ich, das weiß ich genau.

Sag den anderen Gelben nichts davon, sie würden es nicht verstehen, aber sag es Midnight, nur Midnight.

Weißt du noch, wie wir einmal nachts auf den Three Death Jack gestiegen sind und den Skifahrern am Mount Jasper zugesehen haben, wo der Skilift beleuchtet war, als wäre Weihnachten? Wir haben uns gefühlt wie griechische Götter auf dem Olymp. Du hast gesagt, ich wäre ein Naturtalent im Auslachen der Sterblichen und ihres jämmerlichen belanglosen Lebens …

Dieses Leben, mein Leben …

Ist nicht belanglos.

Es …

Gehört mir.

Mir, mir, mir.

Ich hielt den Zettel an meine Nase. Er roch nach Jasmin.

»Das ist ein Hinweis«, sagte Thomas. »Das ist als Hinweis gemeint. Damit können wir anfangen, sie zu suchen.«

Doch irgendetwas in der Art, wie er das sagte, seine Stimme, machte mich misstrauisch.

Ich sah mich um und ließ den Blick über Poppys perfekten grünen Vorgarten schweifen.

Nichts.

Niemand.

War das nicht doch wieder ein Trick von Poppy? Wie neulich als sie sich im Wald versteckt und den Gelben befohlen hatte, uns anzuhalten und das blöde Wettküssen auszurufen? Kam sie vielleicht gleich aus den Fliederbüschen und lachte sich kaputt, weil man mich so leicht reinlegen konnte? War das die Rache für das, was Wink und ich ihr angetan hatten? Eine ausgeklügelte Falle mit Briefen und Hinweisen und den Gelben?

Oder auch nicht. Ganz im Gegenteil.

Vielleicht ging es tatsächlich nicht um Rache.

Sondern um etwas ganz anderes.

Thomas nahm mir den Brief wieder ab, steckte ihn weg und sah zu Poppys Fenster hoch, das zur Straße lag. »Es fühlt sich für mich so an, als würden wir Poppy nie wiederfinden, wenn wir sie nicht sehr bald aufspüren. Ich habe den Brief gelesen, zwanzig Mal, hundert Mal. Was will sie damit sagen? Wo liegt der Hinweis?«

Wink

Ich habe den Jungen entdeckt, den dunkelhaarigen mit den verschiedenfarbigen Augen, blau und grün, wie Himmel und Meer. Ich ging im Regen durch den Wald und dachte, ich würde vielleicht die feierlichen Fremden finden, die zu einer melancholischen Melodie auf einem sonnengesprenkelten Fleckchen unter den Bäumen tanzten wie in *Der wilde*

Edric und das Mädchen aus Londonderry. In dem Moment sah ich ihn, als er hinter dem Roman-Luck-Haus im Dickicht herumwühlte.

Offenbar war er nicht überrascht, als ich plötzlich neben ihm stand. Er blickte vielmehr durch mich hindurch, als wäre ich überhaupt nicht da. Der Junge lag auf den Knien und wischte wie ein Verrückter Erde und Kiefernnadeln weg. Dabei sah er sich ständig um, als würden die Bäume etwas hinter ihren dicken Stämmen verstecken, was sie ja vielleicht auch taten.

Der Dunkelhaarige sprang auf und hob etwas auf, das dort gelegen hatte, wo er gekniet hatte. Es war eine Schaufel.

Es gab keinen Grund, eine Schaufel in den Wald mitzunehmen. Also, keinen *vernünftigen* Grund. Die Elfen gingen mit Schaufeln in den Wald, um Dinge auszugraben, denen sie dann ein anderes Aussehen verliehen. Das ausgegrabene Ding sah dann aus wie eins der Babys, die sie entführten und selbst aufzogen. Manchmal brachten die Elfen die entführten Babys auch wieder zurück und begruben sie, wenn sie zu viel schrien und niemand sie gernhatte. Doch das tat der dunkelhaarige Junge hier nicht. Er hatte wahrscheinlich nie davon gehört.

»Warum gräbst du hier?«, fragte ich.

Es hatte aufgehört zu regnen und die Sonne kam heraus. Der Junge mit den verschiedenfarbigen Augen nickte mir recht freundlich zu.

»Poppy ist verschwunden«, sagte er.

»Viele Leute verschwinden«, erwiderte ich.

»Ich war ganz eklig zu ihr«, sagte er. »Ganz schrecklich. Sie glaubt, ich würde sie hassen.«

»Nicht doch.«

»Sie hat mir eine Nachricht geschrieben«, sagte er.

»Zeig mal her.«

Er steckte seine schmutzigen Finger in die Tasche und holte ein schwarzes Stück Papier mit silberner Schrift heraus.

Briggs.

Briggs, weißt du noch, dass du mir einmal eine Murmel geschenkt hast, eine riesige Murmel mit einem goldenen Streifen in der Mitte, die du angeblich als kleiner Junge bei einem Streit gewonnen hast, und wie ich mich darüber lustig gemacht habe, dass du auf Murmeln standest, und du gar nicht darauf eingegangen bist und gesagt hast, sie würde zu meinem goldenen Haar passen und ich sollte sie behalten?

Wir waren im Wald und haben Limonade aus Teetassen getrunken und ich bin plötzlich sentimental geworden und habe gesagt, du sollst die Murmel unter der großen Kiefer zwischen den beiden Espen vergraben, damit ich immer wüsste, wo sie ist.

Du hasst mich, Briggs. Ihr hasst mich alle und ich habe es verdient. Ich habe es so was von verdient.

Ich wünschte, ich hätte die goldene Murmel behalten. Ich wünschte, ich hätte sie jetzt bei mir. Versprich mir, dass du sie findest, das musst du mir versprechen, auch wenn du wütend bist, auch wenn du mich hasst, versprich mir, dass du sie findest.

Bitte Midnight, dir bei der Suche zu helfen. Er ist ein guter Finder.

»Darf ich das behalten?«, fragte ich und hob den Brief hoch, doch der Junge war schon gegangen. Der Junge mit den verschiedenfarbigen Augen lief in den Wald und winzige Sonnenfleckchen drangen durch die Baumkronen und funkelten auf seiner silbernen Schaufel. Er ging immer tiefer in den Wald, bis ich ihn nicht mehr sehen konnte.

Poppy

Ich gehe nur noch nachts hinaus, laufe durch den Wald und setze mich auf die Kiefernnadeln, vom Licht der Sterne eingehüllt wie in eine hauchdünne Decke.

Ich schleiche mich in Midnights Zimmer, der so tief schläft, dass er nicht einmal aufwacht, wenn ich meinen Mund auf seinen lege.

Nach Einbruch der Dunkelheit mache ich alles Mögliche, Dinge, die ich früher schon getan habe, aber auch neue Sachen. Ich sehe alles. Ich spioniere den Gelben nach und sie merken nichts davon. Nicht einmal, wenn sie es versuchten, könnten sie mich sehen, so gut kann ich mich verstecken, besser geht es gar nicht. Vorher war ich unübersehbar, laut und auffällig, alle sollten nur mich ansehen, das brauchte ich, *seht mich an, verehrt mich.* Doch jetzt sieht mich niemand mehr und das gefällt mir, das gefällt mir. Nur einen Ort meide ich wie die Pest, zum Roman-Luck-Haus gehe ich nicht zurück, denn ich hasse diesen Ort, hasse, hasse, hasse ihn.

Midnight

Bee-Lee schlief an mich gelehnt ein, als Wink nach dem Abendessen auf dem Heuboden aus *Die Gestalt im Abgrund* vorlas. Felix war mit seiner neuen Freundin im Garten, doch Peach und die Zwillinge hörten aufmerksam zu. Es erstaunte mich immer wieder, wie die drei so wild sein und sich gleich darauf ruhig hinsetzen konnten, wenn Wink mit einer Geschichte anfing.

Ich wollte Wink von Thomas und dem Brief erzählen. Doch als ich sie oben auf dem Heuboden mit den Waisenkindern antraf, wirkten sie so verschmust und fröhlich, dass ich es nicht übers Herz brachte.

Später.

Dieb war an der Endlosbrücke, die sich über den Fluss Slay spannte. Die alte Frau, die die Brücke bewachte, wollte ihn nur passieren lassen, wenn er *Fünf Lügen, eine Wahrheit* mit ihr spielte. Im Endeffekt waren es sechs Lügen. Dieb riet richtig und gewann und die alte Frau kreischte vor Wut und raufte sich die langen weißen Haare.

Die Endlosbrücke führte zu den Hill Creeps, wo die größte Herausforderung seines Lebens auf Dieb wartete. Wenn er die Hügel überquerte, ohne wahnsinnig zu werden, würde er schließlich zu der Gestalt im Abgrund gelangen. Er würde gegen sie kämpfen und sie mit dem Schwert töten, das sein Vater ihm hinterlassen hatte, und damit Rache für seine große Liebe Trill nehmen …

Winks leise Stimme schwebte zu dem hohen Gebälk des Heubodens und schallte als Echo nach unten zurück. Ein tiefes Gefühl von Ruhe und Frieden und davon, dass alles in Ordnung war, erfasste mich. Bee-Lee hatte Heu in ihrem braunen Haar und ich zog die Halme behutsam heraus, damit sie nicht aufwachte. Sie hielt meine Hand, aber sie war ganz schlaff geworden, als sie eingeschlafen war.

Wink hatte die Stimme aufgelegt, mit der sie die Waisenkinder immer einlullte. Ich lehnte mich an sie, wie Bee-Lee sich an mich lehnte. Ich hob die Hand und strich Wink eine rote lockige Strähne hinters Ohr. Dann zählte ich die Sommersprossen auf ihrem rechten Arm und ihrer rechten Hand, mit der sie das Buch hielt. Das tat ich im Stillen, damit ich ihre Stimme weiter hören konnte. Ich legte meine Fingerspitze auf jede Sommersprosse und kam bis dreiundzwanzig, ehe mir die Augen zufielen.

Als Wink umblätterte, schlug ich die Augen träge wieder auf.

Zu.

Auf.

Und dann sah ich sie.

Oben auf der Leiter.

Poppy.

Ihr Umriss erschien vor den Sternen, mit ihrem hellen blonden Haar, in dem das Licht wallte, als wäre sie von innen erleuchtet.

Ich schloss die Augen.

Schlug sie wieder auf.

Sie war weg.

Das hatte ich mir eingebildet.

Oder?

Ich hatte es mir eingebildet wie den Jasminduft in meinem Zimmer.

Wink schlug das Buch zu, steckte es in die Tasche und sah mich prüfend an. »Midnight, du zitterst ja. Ist dir kalt?«

Ich nickte nur.

»Am besten trinken wir einen Becher Goldmilch«, sagte sie lauter. »Wer möchte eine Goldmilch vorm Schlafengehen?«

Alle wollten eine. Sogar Bee-Lee wachte auf und flüsterte: »*Ich* möchte eine Goldmilch.«

Wir gingen alle zusammen in die Küche der Bells und tranken warme Milch mit braunem Zucker, Kardamom und Kurkuma. Mim war außer Haus, um »im Mondschein Waldkräuter zu sammeln«, wie Wink mir erklärte, als wäre das ganz normal.

Später kam Felix allein dazu. Er schenkte sich einen Becher dampfender gelber Milch ein, lehnte sich gemütlich an die Arbeitsplatte und lächelte seine Schwester an. »Ich überlege, ob ich morgen mit Charlotte zur Gold Apple Mine gehe und nach den Pferden sehe. Sie meinte, sie mag Pferde.«

Wink schüttelte den Kopf. »Kein guter Zeitpunkt, um zum Bergwerk zu gehen.«

Felix zog die Augenbrauen hoch. »Und wieso nicht?«

Als Wink einen Schluck trank, lief sie von dem Dampf rot an. »In dieser Woche jährt sich der Unfall, bei dem siebenundzwanzig Schürfer in der Gold Apple Mine ums Leben gekommen sind; danach wurde das Bergwerk stillgelegt. Ihre Geister werden dort aktiv sein, Felix. Du solltest nicht hingehen. Charlotte würde das nicht gefallen. Sie würde es nicht verstehen.«

Felix nickte Wink zu, als könnte er das mühelos nachvollziehen. »Dann gehen wir vielleicht im September hin, wenn die Blätter schön bunt sind.«

»Ich habe gestern Abend etwas im Wald gesehen«, sagte Peach plötzlich, wie Kinder es gern tun. Ihre Lippen waren verschmiert und sie wirkte aufgeweckt und schelmisch.

»Etwa den weißen Hirsch? Ist er wieder da?« Wink warf mir einen flüchtigen Blick zu. »Im Wald lebt ein Albino-Hirschbock. Hin und wieder bekommen wir ihn zu sehen. Er ist sehr scheu und stattlich.«

Bee-Lee nahm meine Hand und sah mit ihren braunen Augen zu mir hoch. »In *Verirrt im Smaragdwald* erklärt Greta ihren Brüdern, dass es Glück bringt, wenn man einen weißen Hirsch sieht, und dass man sich dann etwas wünschen kann wie bei einer Sternschnuppe.«

Wink lächelte ihre kleine Schwester an. »Bee möchte unserem weißen Hirsch gern einen Wunsch mitgeben – sie möchte ein Schiff haben.«

»Ein großes«, sagte Bee mit ihrer süßen atemlosen Stimme. »Mit einem großen Steuerrad aus Holz und einem Toppsegel und dem Logbuch des Kapitäns und einem langen Fernrohr.«

Wink lachte. »Hier ist meilenweit kein Meer zu sehen, aber davon lässt Bee sich nicht abhalten.«

»Umso besser, Bee«, sagte ich. »Wünsche haben mit der Wirklichkeit ohnehin nichts zu tun –«

»Nein. *Nein, nein, nein.*« Als Peach den Kopf schüttelte, flogen ihre roten Haare. Ihre Locken waren noch unordentlicher als Winks und noch länger. Sie ringelten sich rot bis unter die Ellbogen. Peach trug ein blaues Kleid und ihre nackten Füße waren sehr schmutzig. »Ich habe nicht den weißen Hirsch gesehen. Ich habe ein Mädchen gesehen.«

»Wir haben sie auch gesehen«, sagte Hops.

»Sie hatte ein dunkles Kleid an«, ergänzte Moon. »Und ihr Haar hatte die Farbe der Sterne.«

Wink blinzelte, doch sie ließ sich nichts anmerken, gar nichts. »Wann denn? Wann habt ihr das Mädchen gesehen?«

»Gestern Abend nach dem Essen. Wir waren im Wald und haben Schreilaufen gespielt.« Peach bückte sich zu Wink und hielt ihr den Mund ans Ohr. Dann flüsterte sie so laut, dass wir sie alle gut verstehen konnten: »Sie hat mich auch gesehen. Hops und Moon nicht, weil die mit Verstecken dran waren, aber mich hat sie gesehen und gesagt, sie wäre ein Geist und ob ich Angst vor ihr hätte. Hatte ich aber nicht. Ich fürchte mich nicht vor Geistern.«

»Stimmt«, erwiderte Wink in Peachs Tonfall flüsternd und laut zugleich. »Du hast vor nichts Angst.«

Peach nickte. »Dann habe ich die Augen zugemacht und bis zehn gezählt, wie man es tun soll, wenn man einen Geist oder eine Fee sieht, und als ich die Augen wieder aufgemacht habe, war sie weg.«

Hops gähnte und rieb sich die sommersprossige Nase. »Das war nicht einfach irgendein Mädchen, da im Wald.«

Moon gähnte ebenfalls und reckte seine mageren Arme über den roten Lockenschopf. »Wir haben sie erkannt. Das Mädchen war Leafs Knutschfreundin. Sie ist früher manchmal auf den Heuboden gekommen.«

Ich blieb ruhig. Ich blieb unfassbar ruhig. Ich saß am Küchentisch und lächelte und nie im Leben hätten die Kinder erraten, dass mein Herz zu schreien begann.

Poppy

Drei von Winks Waisenkindern spielten im Wald und rannten im Dunkeln zwischen den Bäumen umher. Das Mädchen schrie, ganz leise und glaubhaft, und die Jungen mussten es suchen.

Sie hat mich erwischt. Sie hat sich schnell und lautlos angeschlichen. Ich habe behauptet, ich wäre ein Geist. Doch sie hat nur die Achseln gezuckt und mich angesehen wie ihre große Schwester. Daraufhin sagte ich ihr, sie müsste sich fürchten, sie sollte weglaufen. Ich sagte ihr, mit mir hätte es ein schlechtes Ende genommen. Ich sagte, ich wäre von Grund auf schlecht und es gäbe keine Hoffnung mehr für mich … doch sie schüttelte nur den Kopf und widmete sich wieder ihrem Spiel.

Ich beobachtete sie, später beobachtete ich sie alle auf dem Heuboden, wo ich die Leiter hochstieg, lautlos, ohne das leiseste Geräusch. Ich sah zu, wie Midnight Winks Sommersprossen zählte. Ich belauschte, wie sie wieder von der *Gestalt im Abgrund* schwadronierte, *sie hört einfach nie auf, von diesem Buch zu reden, du lieber Gott,* doch Midnight sog das alles auf, fraß es in sich hinein und strich ihr das dichte rote Haar hinters Ohr und sah sie an, wie Leaf mich nie angesehen hat.

In der letzten Zeit habe ich viel nachgedacht, das bringt die Dunkelheit wohl mit sich, und die Stille und das Alleinsein, es beruhigte mich und schärfte meine schlauen Gedanken. Ich war auch vorher schon schlau, jeder weiß, dass ich schlauer bin als sie alle zusammen, doch jetzt war ich auf eine andere Art schlau und nahm alle Eindrücke auf und begriff alles, begriff es wirklich. Als ich in den Fluss stieg, schwelgte ich in der Kälte und kostete das Gefühl der glatten Steine unter meinen Füßen voll aus. Ich dachte nicht mehr über mich nach. Ich dachte überhaupt kaum noch an mich. Ich dachte so wenig an mich, dass ich schon fürchtete, dass ich das Einzige war, was mich am Leben gehalten hatte … und dass ich jetzt, da ich nicht mehr im Mittelpunkt meiner Aufmerksamkeit stand, verschwinden könnte, in Luft aufgelöst, ohne dass es jemand mitbekam.

Midnight

Ich ging mit Wink zum Blue Twist River, nachdem wir die Waisenkinder ins Bett gebracht hatten.

Der Mond war hell und prall und Wink zeigte mir eine Abkürzung. Erst eine halbe Meile über die Schotterstraße zwischen unseren Häusern, dann scharf links durch das nächste Maisfeld. Es war Bunter Bergmais, die einzige Sorte, die in dieser Höhe wuchs.

Das Feld gehörte einem jungen bärtigen Biobauern und Wink meinte, er würde ständig neue exotische Pflanzen anbauen wie zum Beispiel gelbe Bete, lila Blumenkohl, süße schokoladenbraune Paprika und Wassermelonenrettich. Die noblen Restaurants in Broken Bridge fuhren voll darauf ab. Auf Schiefertafeln mit Kreideschrift, die sie vor ihren Restaurants auf die Straße stellten, gaben sie mit ihren Spezialitäten an, *hausgemachte Capellini mit Frühlingszwiebeln vom Biobauernhof, Chiliflocken und Parmesan* oder *Rote Colorado-Quinoa mit gebratenem weißem Spargel, eingelegten Pilzen, Romesco und Petersilie*. Die Filmstars kamen in die Berge, um sich im Schnee zu tummeln und aus Hollywood herauszukommen, doch deshalb wollten sie noch lange nicht auf ihr teures Los-Angeles-Essen verzichten.

Während ich hinter Wink herging, verfingen sich die Maisstängel mit ihren haarigen Fasern in ihren Locken und im Saum ihres Kastanienrocks. Der Mais stand erst bauchhoch, doch es war schon höllisch unheimlich, wie es darin raschelte, im Dunkeln raschelte. Ich seufzte erleichtert, als wir uns durch die letzten Pflanzen drängten und ans Flussufer traten.

Der Blue Twist River war sauber und kalt und kam geradewegs aus den Bergen – schäumender, tosender geschmolzener Schnee. Wir setzten uns einander gegenüber ins Gras direkt an der Uferkante. Ich konnte das Rascheln im Maisfeld nicht mehr hören, denn das Wasser rauschte so laut über die Felsen, und ich war froh darüber.

»Aber zeig den Waisenkindern diese Abkürzung bitte nicht, ja, Midnight? Mim hat Angst, dass sie ertrinken. Ich gehe nur hierher, wenn sie schlafen.«

Ich nickte.

Wink zog ihre roten Sandalen aus und stellte sich mit einem Fuß in den Fluss. Sie hatte kleine Füße, ungefähr so groß wie meine Handfläche.

Dann holte sie eine Kerze aus der Rocktasche, stellte sie auf einen Stein in ihrer Nähe und zündete den Docht mit einem Streichholz an. Als Nächstes holte sie gelbe Tarotkarten aus der Tasche.

Ein Präriehund heulte, hoch und schaurig. Er war nicht in unserer unmittelbaren Nähe, aber weit weg war er auch nicht.

Wink mischte die Karten. Sie waren neuer als die ihrer Mutter, an den Ecken nicht so abgenutzt.

Ich sah sie unverwandt an, während sie mischte.

Wir müssen darüber reden.

Wir müssen über den Brief reden, den Thomas mir gezeigt hat. Wir müssen darüber reden, dass Poppy verschwunden ist.

Wir müssen über das Mädchen reden, das die Waisenkinder im Wald gesehen haben.

»Ich bin nicht annähernd so gut wie Mim oder Leaf«, sagte Wink und ihre Worte rauschten hintereinander weg, als wollten sie es mit dem Fluss aufnehmen. »Bei Auren und Geistern bin ich viel besser. Aber Mim weigert sich, mir die Karten zu legen. Sie hat Bee-Lee ein einziges Mal die Tarotkarten gelegt und die Karten haben ihr gesagt, Bee-Lee würde jung sterben. Seitdem legt Mim uns die Karten nicht mehr. Sie wahrsagt nur noch aus unseren Teeblättern und Handflächen – und auch dann nur belangloses Zeug.«

Wink fiel das rote Haar über die Schultern, als sie die Karten in einem Kreuzmuster auf dem Gras anordnete.

»Wink?«

»Ja?«

»Poppy ist verschwunden.«

»Ich weiß. Darum versuche ich ja auch, die Karten zu legen.«

»Das muss aber doch sie sein, die Peach draußen im Wald gesehen hat, oder?«

Wink sah mich nicht an, sie sagte auch nichts.

»Was hat sie da im Wald gemacht?«

Wink zuckte die Achseln.

»Ich habe heute Thomas getroffen, vor ihrem Haus. Er hat mir einen Brief gezeigt und meinte, wir müssten sie suchen … dass darin ein Hinweis versteckt wäre, wo sie zu finden ist.«

Wink hob den Kopf. »Und was stand in dem Brief?«

»Es ging darum, dass sie mit Thomas den Three Death Jack bestiegen hat, und darum, griechische Götter zu sein, und dann stand da was davon, dass sie springen wollte, und dass Thomas mir vertrauen sollte. Was hältst du davon, Wink?«

Wink verlagerte das Gewicht und steckte noch einmal die Hand in die Tasche ihres Kastanienrocks. Diesmal holte sie einen schwarzen Zettel heraus und reichte ihn mir.

Ich hielt ihn an die Flamme und las.

»Das ist ein weiterer Hinweis.« Wink hielt den Kopf gesenkt, weil sie auf die Karten blickte, und ich sah nur rote Locken. »Ich bin heute im Wald auf Briggs gestoßen, der die Erde umgrub. Er sucht nach der goldenen Murmel, um die es in dem Brief geht.« Sie machte eine Pause. »Poppy hat dich in beiden Briefen erwähnt. Das ist interessant.«

Das fand ich auch.

Ich ließ ein, zwei Minuten vergehen. Rauschender Fluss, heulender Präriehund, rasendes Herz.

»Was siehst du in den Karten? Weißt du, wo sie ist?«

Wink antwortete nicht.

Die Kerze flackerte.

Wegen der Dunkelheit kniff ich die Augen zusammen und betrachtete die Tarotkarten. Ich erkannte Schwerter und ein Rad. Ich erkannte einen Kelch und einen gehängten Mann. Ich sah eine Königin der Herzen, auf dem Kopf. Und einen Turm.

Wink sagte sehr lange kein Wort. Endlich, endlich sah sie mir in die Augen und runzelte die Stirn. »Die Karten widersprechen einander.«

Als der Wind vom Fluss her auffrischte, ging die Kerze aus.

Es war stockdunkel.

»Mim kann das viel besser. Ich habe die Gabe nicht, Midnight. Ich kann nicht erkennen, wo sie ist.« Wink tippte auf eine Karte. »Sie scheint an zwei Orten gleichzeitig zu sein.«

»Wie wär's, wenn wir nach Hause gehen und Mim bitten, Poppy zu finden? Vielleicht kann sie die Karten ja deuten.«

Wink schüttelte den Kopf. »Das habe ich schon probiert.

Mim hat Poppys Karten gelesen und mir dann aber nicht verraten, was sie darin gelesen hat. Von Zeit zu Zeit tut sie so etwas.«

Wink zog erneut die Streichhölzer hervor und zündete die Kerze an. Ihr bleiches Gesicht schwebte wieder ins Helle. Sie schob die Karten zusammen, steckte sie weg und schlang ihre Arme um meinen Hals. Ihre kleinen kalten Füße schmiegte sie an meine.

»Wen haben die Waisenkinder gesehen? Was glaubst du, wer das war, Wink?«

Als sie erneut die Achseln zuckte, bewegten sich ihre Schultern an meiner Brust. »Kann sein, dass es Poppy war. Vielleicht lügen sie aber auch. Man weiß nie bei Peach und den Zwillingen.«

Ich legte den Arm um Winks Beine und küsste ihre knochigen Knie. Wink schob die Hände in meine Haare und die Daumen hinter meine Ohren. Ich küsste den Schlüssel, den sie an einer Kette trug. Dann verschob ich den Anhänger mit der Nase und küsste sie aufs Schlüsselbein.

»Wovor hast du Angst, Midnight?«

»Hm?«

»Hast du vor etwas Bestimmtem Angst, so wie Poppy vor dem Roman-Luck-Haus?«

»Keine Ahnung. Vorm Fallen vielleicht.«

»Vorm Fallen?«

»Vorm Fallen. Solche Albträume habe ich manchmal.«

»Viele Menschen haben Albträume, in denen sie fallen.«

»Ach ja?«

»Bee-Lee wacht manchmal schreiend auf. Sie träumt, sie ist auf einer Wolke eingeschlafen und dann kommt plötzlich ein Sturm und der Donner wirft sie von der Wolke und sie fällt.«

Ich nickte. »Ich träume, dass ich durch einen Wald renne, oder über ein Feld, warum weiß ich nicht. Ich laufe vor etwas davon und plötzlich ist vor mir eine Klippe, die ich aber nicht sehe, und dann falle ich in einen tiefen Abgrund, an Fels- und Steinwänden vorbei und mein Körper wird zerschmettert und ich höre alle Knochen brechen und dann wache ich auf.«

Wink seufzte leise. »Mim glaubt, dass Träume die Zukunft vorhersagen. Aber ich weiß nicht recht. Eigentlich glaube ich, dass Träume meistens nur Träume sind.«

»Na ja, mein Traum will mir wahrscheinlich sagen, dass ich aufhören soll, so ein Feigling zu sein. Alabama hat keine Höhenangst. Er hat vor gar nichts Angst. Vor Höhen nicht, vorm Klippenspringen nicht, nicht mal vorm Sterben.«

»Vorm Sterben hat jeder Angst, Midnight.«

Und obwohl sie es nicht sagte und ich auch nicht, mussten wir an Poppy denken, wie sie im Roman-Luck-Haus gefesselt geweint und geschrien hatte, wahnsinnig vor Angst, an der Schwelle des Todes.

* * *

»Midnight.«

Mein Vater rief mich aus seiner Mansarde. Langsam ging ich die steile Treppe hoch.

Er saß am Schreibtisch, wie immer umgeben von Büchern. Irgendwie sah er verschlafen aus.

»Alles okay bei dir?«, fragte er.

»Ja, Dad, natürlich.«

Er nahm die Brille mit den dicken Gläsern ab und rieb sich die Augen. Dann ließ er die Hände sinken und sah mich an. Ohne Brille sahen seine blauen Iris nackt aus.

»Ich habe das Gefühl, dass du dich verändert hast, Midnight. Ich kenne den Klang deiner Schritte so gut wie meinen eigenen Herzschlag. In dieser Woche sind sie schwerer. Und so ein Gesicht hast du auch nicht mehr gemacht seit deine … seit letztem Winter. Was ist los?«

Ich erwog, ihm alles zu sagen. Doch er würde nicht wissen, was man wegen Poppy unternehmen sollte. Er würde überhaupt nicht wissen, was zu tun wäre. Auf einmal verstand ich das, in voller Lautstärke, als hätte es jemand vom Dach gerufen.

Ich glaube, das hat Alabama seit jeher über ihn gewusst.

»Es geht schon«, sagte ich. Ich rang mir ein Lächeln ab und sorgte dafür, dass es auch in meinen Augen leuchtete. »Läuft nicht so wegen einem Mädchen. Mehr nicht.«

Er nickte und setzte die Brille wieder auf. Seine Schultern entspannten sich ein wenig. Hatte er befürchtet, ich würde nach Mom fragen? Wie lange sie noch in Frankreich bliebe?

Mein Vater wandte sich wieder seinen Büchern zu. Ich ging nach unten in die Küche zu dem alten schwarzen Telefon mit Wählscheibe. Die weißen Fliesen fühlten sich unter meinen Füßen angenehm kalt an. Die Nummer hing am Kühlschrank. Ich rief an und ließ es lange klingeln. Wie spät mochte es in Frankreich sein? Ich hatte keine Ahnung.

Ich lief wieder nach oben, knöpfte mein Hemd auf, zog die Hose aus und ging ins Bett. Ich drückte das Gesicht ins Kissen, direkt neben *Will und die schwarzen Wohnwagen*. Dann atmete ich tief ein. Es roch nach Büchern, und nach Jasmin.

Wink

Die Karten erzählten die ganze Geschichte, dargelegt im Gras durch Schwerter, Stäbe, Kelche, Münzen, Königinnen, Könige, Ritter und Narren. Midnight konnte nichts damit anfangen, ich schon, auch wenn ich etwas anderes gesagt hatte.

Peach und die Zwillinge haben ein Mädchen im Wald gesehen, aber Bee-Lee hat auch etwas gesehen.

Vor ein paar Tagen war sie unten am Blue Twist River. Eigentlich durfte sie nicht allein zum Fluss gehen, aber sie liebte es, die Fische in dem wirbelnden Wasser zu beobachten, und wollte nicht auf mich hören – in dieser Sache nicht.

Auf einmal rannte sie mit geröteten Wangen über die Schotterstraße zurück und ihr Haar war schweißnass und klebte an ihrer Stirn.

»Ich habe ein Mädchen gesehen«, sagte sie. »Ein Mädchen mit langen gelben Haaren und einem schwarzen Kleid, wie eine Märchenprinzessin. Sie ist in den Blue Twist gesprungen. Dabei kann man im Blue Twist nicht schwimmen, die Strömung ist zu schnell und man ertrinkt. Man schluckt Wasser, die Lunge läuft voll und man *ertrinkt.*«

»Zeig mir die Stelle«, sagte ich.

Ich folgte ihr eine Meile weit über die Schotterstraße zum Ufer … doch da war von einem Mädchen im Wasser nichts zu sehen. Nur die weißen Gischtlocken des Flusses.

»Ich habe sie gesehen«, sagte Bee Lee. »Wirklich, Wink.«

Ich nickte, weil ich es wusste.

Da kamen mir erstmals Zweifel. Es war nur ein kurzes Zucken, ein kleiner Stich, nicht mehr als wenn die Wichtel und die Pflaumenbabys in *Die Grüne Hexe vom Schwarzhundhügel* die Hixschwestern auf der Glockenblumenwiese zwicken.

Nachdem Midnight am Abend gegangen war und ich meine Besorgung gemacht hatte, schlich ich mich in die Küche und schloss vorsichtig die Fliegengittertür, damit sie nicht zuknallte. Ich stellte meinen Korb auf die Arbeitsplatte und ging auf Zehenspitzen nach oben. Bee-Lee schlief in meinem Bett. Das machte sie stets, wenn sie Albträume hatte. Ich legte mich leise neben sie und strich ihr das Haar von der Wange. Sie schlug die Augen auf. »Wo warst du, Wink?«

»Ich habe Walderdbeeren gesammelt«, antwortete ich. »Wenn man Walderdbeeren im Mondschein erntet, haben sie magische Kräfte. Ich gebe dir morgen ein Schüsselchen, mit Zucker und Sahne, und dann warten wir ab, was passiert.«

»Verwandele ich mich in einen Frosch?«, fragte sie.

Ich nickte.

»Verwandele ich mich in eine Prinzessin?«

Ich nickte.

Sie lächelte und schloss die Augen.

Midnight

»Auf der Vordertreppe warten zwei Mädchen auf dich.«

Dad war gerade vom Joggen zurückgekommen. Jeden Morgen lief er drei Meilen, abends zwei. Der Schweiß lief ihm den Nacken hinunter und sein Gesicht war knallrot. »Aber weder die Blonde noch die Rothaarige. Zwei neue Mädchen.«

Ich schob die Schüssel Müsli mit Milch fort, die ich mir halbherzig zum Frühstück gemacht hatte. Ich hatte sowieso keinen Hunger. Ich ging durch die Küche und öffnete die vordere Fliegengittertür.

Ringelsocken.

Sie drehten die Köpfe und sahen mich an.

»Wusstest du«, sagte Buttercup mit verschatteten Augen, hängendem schwarzem Haar und spröder Stimme, »dass Poppy verschwunden ist?«

»Verschwunden«, sagte Zoe, ihr Echo, Echo. Als sie ihr Kinn rauf und runter bewegte, hüpften die kurzen braunen Locken dazu.

Die Morgenluft war diesig, verschleiert und irgendwie fabelhaft. Anscheinend hatte es wieder die ganze Nacht geregnet. Ich sah zur Farm der Bells hinüber. Dort war es ungewöhnlich still. Das fremde Auto in der Einfahrt bedeutete, dass Mim jemandem wahrsagte. Doch Wink und die Waisenkinder waren nirgends zu sehen.

Buttercup und Zoe ohne Poppy und die anderen Gelben ... wirkten irgendwie weniger furchterregend. Fast schon verletzlich. Als ich mich neben Zoe auf die Treppe setzte, zog sie den Rock ihres schwarzen Kleides beiseite, um Platz zu machen.

Ich nickte den beiden Mädchen zu. »Buttercup. Zoe.« Es fühlte sich sonderbar an, ihre Namen ohne das übliche Grauen auf der Zunge auszusprechen. »Ja, ich weiß, dass Poppy verschwunden ist. Wieso seid ihr hier?«

»Ich weiß nicht«, sagte Buttercup, deren schwarze Augen mich plötzlich an die von Wink erinnerten. Offen und unschuldig. »Ich meine, doch.«

»Ja, doch«, sagte Zoe.

Buttercup nahm ihren Totenkopf-Rucksack ab und kramte darin. Dann holte sie etwas dünnes Schwarzes hervor und hielt es mir vorsichtig mit den Fingerspitzen hin, als wäre es giftig. »Hier, nimm.«

Es war ein dünnes liniertes Blatt Papier, einmal gefaltet. Ich betrachtete es, wie es auf meiner Hand lag.

»Poppy schreibt gern mit einem Silberstift auf schwarzem Papier«, sagte Buttercup. »Ich habe den Brief heute Morgen in meinem Rucksack gefunden.«

Ich faltete ihn auseinander. Silberne Schrift auf dunkelgrauem Grund.

Ich erkannte Poppys Handschrift wie bei dem Brief an Thomas. Und Briggs. Ich kannte die Schlaufe ihres *g*. Ich bemerkte den dicken Bauch ihres *b*. Sie waren mir so vertraut wie die blauen Adern auf ihren lilienweißen Armen.

Buttercup und Zoe.

So ist es am besten, das schwöre ich euch, und ich habe immer recht, immer.

Wisst ihr noch, wie wir im letzten Herbst Äpfel gepflückt haben? Wir haben einen Eimer voll an dem großen alten Baum in der Nähe der Grundschule geklaut und ihr habt auf meinen Befehl Apfelgedichte aufgeschrieben, die ich spontan erfunden hatte und in denen es nur um mich ging, um meine grauen Augen und meine Apfelbäckchen, dass ich mit eiserner Faust regierte und jedermanns Augapfel war.

Wie habt ihr mich nur ertragen?

Ich ertrage mich nicht einmal selbst, jetzt nicht mehr.

Sprecht mit Midnight.

Er hat euch etwas zu sagen.

»Ich habe ein schlechtes Gefühl«, sagte Buttercup und erschauerte flink und sanft wie die schimmernden Blätter der Espe. Sie strich mit ihren langen mageren Fingern an ihren Ringelstrümpfen hinauf und hinunter. Ihre Fingernägel waren nicht wie üblich schwarz lackiert, sondern in einem schlichten natürlichen Rosa. »Ich glaube, Poppy hat sich etwas angetan.«

Zoe nickte nur.

Das Gefühl überfiel mich wieder, das ich schon am Roman-Luck-Haus gehabt hatte, diese Mischung aus einer Art Grippe, Schlafmangel und verschwitzter Angst. »Das würde sie nie tun. So ein Mädchen ist Poppy nicht.«

»Wer weiß, was für eine Art Mädchen Poppy ist?« Das war Zoe, ausnahmsweise von sich aus.

»Was hast du uns denn nun zu sagen?«, fragte Buttercup. »In dem Brief stand, du hättest uns etwas zu sagen.«

Poppy wollte, dass ich ihnen von den Geschehnissen im Roman-Luck-Haus erzählte. Das, was Wink und ich ihr angetan hatten. Ich wusste, dass sie das so wollte.

Stattdessen zuckte ich die Achseln, so flink wie Wink. »Poppy hat Thomas und Briggs auch Nachrichten auf schwarzem Papier geschrieben … vielleicht ist es das, was ich euch sagen sollte. Thomas meint, die Briefe würden Hinweise darauf enthalten, wo sie sich aufhält. Aber ich bin mir nicht sicher, ich denke noch nach.«

Daraufhin schenkte Buttercup mir ein knappes Lächeln, ohne roten Lippenstift. »Wir haben beschlossen, dass es uns leidtut, wie fies wir die ganze Zeit zu dir waren, Midnight.«

Ich starrte sie einen Augenblick lang an. Offenbar meinte sie das ernst. »Schon okay.«

»Es ist nicht okay.« Zoe. Die dichten Enden ihrer braunen Locken stupsten an ihre Wangenknochen. Sie hielt den Blick auf ihre schwarzen Stiefel gerichtet, Zehen nach innen, Fersen nach außen. »Poppy hatte einen schlechten Einfluss auf uns. Das haben wir jetzt kapiert.«

Buttercup nickte.

Ich musste wieder an Poppy denken, wie sie im Roman-Luck-Haus mit den Armen über dem Kopf und dem geronnenen Blut im Gesicht geflüstert hatte, *du bist nicht zurückgekommen, du hast mich hier allein gelassen und bist nicht zurückgekommen …*

Wenn Poppy einen schlechten Einfluss hatte, dann ich erst recht.

Plötzlich verschwamm alles, verschleiert, verschschsch …

Ich blinzelte. Und atmete tief ein, und noch mal und noch mal.

»Ich bringe euch nach Hause«, sagte ich.

* * *

Auf dem Rückweg in die Stadt trafen wir Briggs und Thomas ungefähr eine halbe Meile vom Roman-Luck-Haus entfernt. Briggs stand zwischen drei Erdhügeln, die Schaufel lag daneben. Er blickte zu uns hoch und wischte sich die Stirn. Seine Fingernägel waren schmutzig und schwarze Rillen zogen sich über seine Handflächen.

Thomas stand neben ihm, so nah, als hätten sie sich unterhalten.

»Was macht ihr denn da?« Buttercup hatte die Arme vor der Brust verschränkt und ihre Ellbogen bewegten sich mit ihrem heftigen Atem auf und ab.

Briggs flüsterte etwas, räusperte sich und sprach lauter. »Ich suche eine Murmel.« Pause. »Das ist bescheuert, weiß ich auch. Ich finde sie sowieso nicht. Trotzdem … musste ich es versuchen. Übrigens sollst du mir suchen helfen.« Briggs warf mir aus dem Augenwinkel einen Blick zu.

Ich sah ihm direkt in die Augen. »Ich habe deinen Brief gesehen. Wink hat ihn mir gezeigt.«

Thomas holte seinen eigenen Brief aus einer Reißverschlusstasche seiner Designerjeans. »Ich habe Briggs gerade erklärt, dass unsere Briefe Hinweise enthalten.«

»Hinweise, wie wir Poppy finden können«, ergänzte Buttercup.

»Aber warum zum Teufel sollte sie überhaupt weglaufen?«, stöhnte Briggs brummig und irgendwie traurig. Er riss sich das verschwitzte T-Shirt vom Leib und warf es auf die Erde. »Was ist passiert, dass sie auf die Idee gekommen ist?«

Ich hob die Schaufel auf und hielt sie hinter meinen Rücken.

Ich musste es ihnen sagen. Ich musste mich aufraffen und den Helden spielen und den Gelben gestehen, was ihrer furchtlosen Anführerin zugestoßen war.

»Wink und ich, wir haben sie reingelegt. Wir haben sie im Roman-Luck-Haus an den Flügel gefesselt und über Nacht dort allein gelassen.«

Alle vier wurden ganz still.

»*Was* habt ihr getan?« Briggs. Er legte den Kopf schief.

Meine Hände an dem Holzstiel waren verschwitzt und glitschig. »Wir haben sie an den Flügel gefesselt und bis zur Morgendämmerung im Musikzimmer allein gelassen. Als wir zurückkamen, war sie … also, wie *runtergefahren*, wenn ihr versteht, was ich meine. Ich hätte nie gedacht … ich hätte nie gedacht, dass sie daran zerbrechen könnte, jedenfalls nicht so. Und seit jenem Morgen habe ich sie nicht mehr gesehen.«

Das war natürlich gelogen, weil ich sie *sehr wohl* gesehen

hatte, oben auf der Leiter zum Heuboden, wenn auch nur für den Bruchteil einer Sekunde.

Und ich hatte jede Nacht ihr Parfüm in meinem Zimmer gerochen.

Doch das ging die Gelben nichts an. Vielleicht hatte ich es mir auch nur eingebildet.

Ich konzentrierte mich auf Briggs, weil ich von ihm die meisten Unannehmlichkeiten erwartete. Er war rot im Gesicht, von den Wangenknochen bis über den Hals.

Das war's, gleich würden die Gelben mich zusammenschlagen. Und ich hatte es nicht anders verdient.

Briggs griff nach der Schaufel, die mir direkt aus den verschwitzten Händen rutschte. Ich leistete keinen Widerstand. Er riss den Arm nach hinten und …

Und warf sie weg. An mir vorbei. Sie schlug hart gegen einen Baum und fiel mit einem leisen dumpfen Geräusch auf die Erde.

Danach blieb Briggs einfach stehen und sah mich an.

Er strahlte keine Wut mehr aus. Er wirkte einfach nur erschöpft.

»Wir nehmen es dir nicht übel, dass du sie reingelegt hast.« Buttercup legte ihre Hand auf meinen Unterarm und strich mit den Fingern darüber, vom Handgelenk bis zum Ellbogen. »Was Poppy auf der Party im Roman-Luck-Haus getan hat, war unsäglich.«

»Wir haben Poppy dabei geholfen.« Der Wind frischte auf und wehte Thomas' Haar um seinen Kopf, als wollte er seine Aufmerksamkeit erregen. »Wir haben ihr geholfen, Wink zu demütigen.«

Briggs sah mich weiterhin unverwandt an, mit einem blauen und einem grünen Auge. »Ich habe gestern Nacht jemanden hier im Wald gesehen. Ein Mädchen, das wie Poppy aussah. Ich habe es nur einen Augenblick lang gesehen, dann ist es wieder in der Dunkelheit verschwunden. Wollt ihr wissen, was ich denke?«

Niemand nickte, doch er fuhr fort.

»Ich glaube, Poppy macht sich über uns lustig.«

Gedehntes Schweigen.

»Oder sie ist tot und ihr Geist verfolgt uns.« Thomas sagte das irgendwie trotzig mit hocherhobenem Kinn, als erwartete er, dass wir ihn auslachten.

Was Briggs auch prompt tat. »Du meinst, sie schreibt uns Briefe über den Tod hinaus? Wie blöd ist das denn? Poppy ist zum Kämpfen geboren, genau wie ich. Die gibt doch nicht auf.«

»Poppy ist so einiges«, sagte ich. Und das meinte ich auch so. »Hört zu, Wink und ich haben das alles in Gang gesetzt. Das, was im Roman-Luck-Haus passiert ist, das, was Poppy dort durchgemacht hat, ist die Ursache für ihr Verschwinden. Es ist meine Schuld.«

Auf einmal drehte Buttercup sich um und umarmte mich. Ihre Arme waren lang und warm.

Meine Mutter hat immer gesagt, die Angst würde in den Menschen die Wahrheit zutage fördern. Darauf baute sie ganze Bücher auf. Ich würde sagen, Buttercups Wahrheit war besser, als ich dachte.

»Ich mache mir Sorgen um Poppy«, flüsterte sie mir ins Ohr. »Ich habe Angst um sie.«

»Ich auch«, sagte ich.

»Ich gehe nach Hause.« Thomas machte sich auf den Weg und redete über seine Schulter hinweg weiter mit uns. »Ich lese meinen Brief noch mal durch und dann suche ich jede Ecke und jeden Winkel nach ihr ab.«

»Wir helfen dir«, sagte Buttercup. Zoe nickte und Briggs ging auch mit.

Poppy

Was Briggs angeht, also sein Geheimnis, so bestand es darin, dass er keiner Fliege etwas zuleide tun konnte. Er war ein Tyrann und wie die meisten Tyrannen, alle Tyrannen außer mir, war er hinter der Fassade ein Baby. Midnight war wenigstens ganz offen ein Baby, das konnte man respektieren, echt. Wie ich bereits sagte, war Thomas der Traurige, der Sensible von den beiden, aber Briggs … ich war einmal dabei, als Briggs wegen eines Fleckenkauzes geweint hat, der sich im Park den Flügel gebrochen hatte und herumhüpfte, weil er eben nicht fliegen konnte. Briggs versuchte, seine Tränen zu verbergen, doch ich bemerkte sie trotzdem so wie sein Schniefen, als er im Gras kniete und mich immer wieder mit einer erstickten verheulten Stimme fragte, was er denn bloß tun sollte, als wäre ich von Beruf Fleckenkauz-Heilerin.

Dabei hatte Briggs kurz vor der Sache mit dem Vogel einen nerdigen kleinen Jungen wegen seiner dicken Brillengläser gehänselt und sich darüber lustig gemacht, dass er beim besten Willen den Fußball nicht traf, und der Widerspruch ist ihm kein bisschen aufgefallen.

Früher habe ich mich morgens – nicht zu früh – mit den Gelben bei Lone Tree Joe getroffen. In den Sommerferien gaben sich da reiche Hipster die Kante, die bis September in den Ferienhäusern ihrer Eltern abhängen durften, aber ich war Poppy und musste immer das Beste bekommen, auch wenn ich mich dafür mit Rudeln von aktienbepackten Schnöseln von außerhalb anlegen musste.

Es kommt mir vor, als wäre es schon ewig her, dass wir uns teure Latteshakes mit Eiswürfeln geholt haben, Espresso und Milch genau im richtigen Verhältnis, genau im richtigen Karamellton, weil ich mich sonst beschwert hätte.

An einem anderen Tag habe ich Buttercup und Zoe überredet, mir zu helfen, mein eigenes Grab zu schaufeln. Uns war langweilig, ich war makaber drauf und ich wollte wissen, wie das war, wenn man wie ein Toter zwei Meter tief im Dreck liegt. Wir stapften mit Schaufeln in den Wald, die wir vor Lorens Haushaltswarengeschäft einfach an uns genommen hatten. Buttercup und Zoe jammerten die ganze Zeit, aber schließlich hatten wir einen guten Graben zwischen zwei Bäumen ausgebuddelt. Ich sprang hinein und legte mich mit verschränkten Armen wie Wednesday Addams auf den Boden, während Zoe sich über den Rand beugte und von Würmern und Spinnen faselte, was mir aber ganz egal war. Ich blieb zwanzig Minuten mit geschlossenen Augen liegen und hatte überhaupt keine Angst, nicht einmal wirklich ein Gefühl von Verfall. Eigentlich fühlte es sich ganz friedlich an.

Briggs hat gemerkt, dass ich ihm im Wald zugeschaut habe. Er hat meinen Namen gerufen, traurig und verzweifelt, doch da war ich längst weg und irrlichterte durch die Nacht wie eine von Winks Elfen.

Briggs hatte die Erde umgegraben und etwas von einer *goldenen Murmel* gemurmelt wie ein durchgedrehter verschwitzter Farmarbeiter, und das habe ich anfangs nicht verstanden. Ich musste mich auf den Waldboden legen und eins und eins zusammenzählen, bis ich mir das Ganze erklären konnte.

Wink

Ich habe Buttercup und Zoe auf Midnights Treppe gesehen.

Buttercup, aalglatt wie eine Selkie, mit ihrem glänzenden schwarzen Haar und der olivfarbenen Haut wie die wortkarge Zauberin in *Lügen vergessen, seufzend besessen.*

Zoe dagegen mit glänzenden Augen und dichten schwarzen Wimpern und der kleinen spitzen Nase wie die Fee in *Rattensaal und die Besenmädchen.* Als sie Midnight anlächelte, funkelte ihr Lächeln so hell wie ihre Augen.

Die drei unterhielten sich eine Zeit lang und gingen dann direkt über unsere Farm in den Wald und zum Weg.

Ich holte die Waisenkinder aus dem Bett und ging mit ihnen in die Stadt, wo wir zum Frühstück Eis aßen. Das machte ich ab und zu im Sommer, wenn Mim mit Wahrsagen beschäftigt war. Wir gingen in die kleine Eisdiele neben der Bibliothek, die eine hexige Frau mit langen weißen Haaren betrieb. Sie machte morgens um zehn auf, weil sie ebenfalls fand, dass man manchmal Eis zum Frühstück essen durfte. Bee-Lee nahm Erdbeer, das tat sie immer, während man es bei Peach und den Zwillingen nie vorher wusste. Felix nahm Pistazie und ich auch.

Als wir alle im Park auf den grünen Bänken saßen und in der Sonne unser Eis aßen, sah ich sie plötzlich in der Gasse mit den Ziegelmauern auf der anderen Straßenseite, umzingelt von Schatten wie von einem Wolfsrudel.

Außer mir konnte sie niemand sehen. Ich wusste, dass sie es nicht konnten, keiner außer mir.

Ich gab Hops den Rest meiner Waffel und ging ohne nachzudenken über die Straße, als wäre sie die blonde blutrünstige Sirene in *Drei Lieder für eine Ertrunkene.*

Mutig schritt ich in die Gasse, geradewegs in das Wolfsrudel aus Schatten ... doch sie war schon weg.

Midnight

Ich stand in der Küche und lauschte. Dad telefonierte oben in seiner Mansarde und seine Stimme driftete durch die Ritzen in den Dielen. Sie setzte sich wie Staub auf meine Ohren. Er sprach Deutsch und streute immer mal wieder einen lateinischen Ausdruck ein. Ich konnte kaum Französisch, doch Alabama sprach es fließend wie unsere Mutter. Mein Vater sprach vier Sprachen, wenn man wie ich Latein mitzählte.

Seine Stimme war ein Lied, das niemals enden sollte. Sie hüllte mich in Sicherheit. Sie gab mir das Gefühl ... von Normalität.

Jemand klopfte an die Haustür. Das hatte ich irgendwie erwartet.

Peach stand mit ihren roten Locken und nackten Füßen auf der Treppe. »Komm mit«, sagte sie.

Also folgte ich ihren starken Pummelbeinen, mit denen sie entschlossen wie alle Kinder losstapfte. Über die Straße und in den Garten. Wink saß im Erdbeerbeet, die Füße in der Erde, von dicken weißen Wolken gut geschützt vor der brennenden Mittagssonne.

»Ich war auf dem Heuboden«, sagte Peach jetzt zu Wink und mir, nachdem sie uns zusammengebracht hatte. »Es roch aber nicht nach Heu. Es roch nach Tee oder Blumen. Und das lag auf dem Boden.«

Sie reichte mir ein schwarzes Stück Papier.

Wink beobachtete mit gelassener passiver Miene, wie ich es entgegennahm. Als wäre ein weiterer Brief von einem verschwundenen Mädchen auf dem Heuboden nichts Besonderes, sondern etwas ganz Alltägliches.

Ich spürte Peachs Blick. »Ich kann lesen«, sagte sie. »Ich kann alles Mögliche lesen. Darin bin ich richtig gut, wahrscheinlich besser als du.« Ich hatte ihre Lesefähigkeit nicht angezweifelt, darauf wäre ich gar nicht gekommen, doch das hielt Peach nicht davon ab, mich zurechtzuweisen.

Ich wollte den Brief nicht öffnen.

Ich würde es einfach nicht tun.

Ich musste ihn öffnen.

Ich tat es.

Meine Finger wurden klamm. Sie hinterließen feuchte Abdrücke auf dem Papier.

Midnight.
Es liegt ganz bei dir.
Zeig, was in dir steckt.
Trommle die Gelben zusammen.
Geht in den Wald.
Sucht mich.
Sucht mich im Nebel.

Ich las den Brief noch mal. Und noch mal. Dann gab ich ihn Wink.

Peach schüttelte ihre Locken, Kinn nach rechts, Kinn nach

links. »Ich habe den Brief gelesen, deshalb wusste ich auch, dass er für keinen von uns Waisenkindern war. *In den Nebel gehen*, das sagt Mim, wenn sie Kontakt zu den Geistern aufnimmt. Wenn ihr eine Séance plant, möchte ich mitmachen.«

»Nein«, sagte Wink leise. »Nicht bei dieser. Aber wir können später eine Séance auf dem Heuboden abhalten, nur wir zwei, und wetten, dass du diesmal das Medium bist?«

Peach tippte sich an die Nasenspitze und nickte. »Ich werde ein tolles Medium sein. Das beste aller Zeiten.«

Als Wink lächelte, stachen ihre Ohren oben aus dem dichten roten Haar. »Das stimmt«, sagte sie sehr ernst.

Peach lief los und rief Hops und Moon, wo auch immer sie waren, zu, dass sie unfassbar neidisch sein würden, weil Wink sie mit der Leitung einer Séance beauftragt hatte und sie bald Geister herumkommandieren würde, sie sollten nur abwarten, was morgen auf dem Heuboden los sein werde.

Wink pflückte die letzten drei reifen Erdbeeren von den grünen Stängeln und reichte mir eine.

Ich spielte mit der Erdbeere und ließ sie in meiner Hand kreisen. »Der Blumenduft auf dem Heuboden, den Peach erwähnt hat? Sie meint Jasmin.«

»Poppy betupft sich mit Jasminöl.« Wink hob den Blick und wie immer waren ihre grünen Augen weit aufgerissen und unschuldig.

Ich nickte. Ich erzählte ihr nicht, dass mein Zimmer und die Bettwäsche und die Kissen dufteten wie Poppy bei Nacht. Ich brachte es einfach nicht über mich. Es kam dem Geständnis, dass Poppy in meinem Bett gewesen war, zu nah. Ich wollte nicht, dass Wink das erfuhr.

»Buttercup und Zoe waren heute Morgen bei mir. Buttercup hat auch einen schwarzen Brief von Poppy gefunden.«

»Und was stand drin?« Wink aß mit zwei Bissen eine Erdbeere.

»Etwas über mich und etwas darüber, als sie Äpfel gepflückt haben. Ich habe die Mädchen nach Hause gebracht und unterwegs haben wir im Wald zufällig Briggs und Thomas getroffen. Ich habe es ihnen gesagt, Wink. Ich habe ihnen gebeichtet, dass Poppy unseretwegen verschwunden ist. Ich habe ihnen gesagt, dass wir sie gefesselt und im Roman-Luck-Haus allein gelassen haben.«

Wink grub ihre kleinen rosa Zehen in die schwarze Erde. »Ich glaube, Poppy ist in den Blue Twist River gesprungen, Midnight. Ich glaube, dass sie ertrunken ist. Und ich vermute, dass einer von den Gelben die Briefe schreibt.«

Die Welt drehte sich im Kreis. Ich ließ meine Erdbeere fallen und drückte die Hände auf die Augen. *Das Verschwimmen soll aufhören, all das Verschwommene soll aufhören, ich ertrage das nicht, ich …*

Ich setzte mich auf die Erde und Wink nahm mich in den Arm und drückte mich an sich. Ich atmete tief durch und nahm die Hände aus dem Gesicht, damit auch ich sie umschlingen konnte. Sie trug eine zerschlissene Strickjacke über ihrem Overall und roch nach Erdbeeren, Erde und Jasmin.

Poppy

Ich war schon da, als Midnight die Gelben unten am Fluss entdeckte, wo sie darauf warteten, dass meine Leiche angetrieben wurde, obwohl das nicht geschehen würde, niemals.

Ich beobachtete sie, ohne dass sie mich sahen, nicht das kleinste Zipfelchen von mir. Ich war gerne unsichtbar, ich lernte ständig dazu, und so vieles war mir zuvor entgangen, als ich noch stets im Zentrum der Aufmerksamkeit stehen musste.

Midnight berichtete von einem Brief, den ich ihm angeblich geschrieben hätte und in dem stand, sie sollten alle gemeinsam im Wald eine Séance abhalten, als würde ich sie jemals zu einer Séance auffordern, um Kontakt zu meinem Geist aufzunehmen – das weiß doch jeder, dass ich an so einen Mist nicht glaube, Opa konnte mit dem mystischen Kram nichts anfangen, und ich kann es auch nicht. Das war was für Wink und ihre Mutter und derlei Elfenvolk, aber doch nicht für mich.

Midnight konnte direkt drei von ihnen auf seine Seite ziehen. Thomas wollte sein Ouijabrett holen und es bezüglich der Hinweise in den Briefen befragen und Buttercup und Zoe nickten in ihrer gekünstelten Zwillingsmanier, die mich regelmäßig auf die Palme brachte. Doch Briggs lachte nur, ging auf die Knie und spritzte sich kaltes Flusswasser ins Gesicht, und hörte nicht auf zu lachen und wiederholte die ganze Zeit, so lange wäre ich doch noch gar nicht weg, ich wäre auch vorher schon einmal abgehauen, sie sollten sich alle nicht so aufregen, der Blödmann. Midnight erinnerte ihn daran, was er in letzter Zeit gemacht hatte, dass er wie ein Irrer im Wald nach einer Murmel gegraben hatte, nur weil er ebenfalls einen Brief erhalten hatte, und das brachte Briggs endlich zum Schweigen.

Ich war auch da, als sie sich um Mitternacht auf einer kleinen Wiese in der Nähe des Roman-Luck-Hauses trafen und den Strahl ihrer Taschenlampen über den Waldboden schweifen ließen. Ich schaute ihnen zu. Thomas legte das Ouijabrett direkt auf die Kiefernnadeln und die krümelige Erde. Er ging so ernst und vorsichtig und feierlich damit um, dass ich einerseits am liebsten gelacht hätte und andererseits gern meine Hand auf sein Herz gelegt und ihm ewige Ergebenheit geschworen hätte.

Sie legten alle einen Finger auf den Zeiger und stellten gleichzeitig so viele Fragen, dass das Ouijabrett gar nicht mitgekommen wäre, selbst wenn es funktioniert hätte, was es nicht tat. Thomas fragte nach dem Three Death Jack und den griechischen Göttern und was das zu bedeuten hätte, und ich erinnerte mich an das eine Mal, als wir zu zweit oben auf dem Berg gesessen und den Skifahrern zugesehen hatten. Bei dem Gedanken wurde ich traurig und wehmütig. Briggs fragte nach der goldenen Murmel und Teetassen und Limonade und das hörte sich an wie Quatsch aus *Alice im Wunderland*, war es aber nicht.

Buttercup und Zoe fragten nach gestohlenen Äpfeln und Apfelgedichten und Midnight fragte, ob der Nebel ein spiritueller Ort oder ein wirklicher Ort sei, aber der Zeiger bewegte sich nicht vom Fleck, kein einziges Mal. Endlich, endlich sagte Midnight, sie bräuchten Wink, wenn überhaupt könnte Wink mich finden, und dann ging es erst richtig los, es wurde quälend und schön und greifbar und wahr. Sie fingen an sich zu streiten, alle miteinander, erst leise, dann immer lauter, bis ihre Stimmen durch die Bäume hallten wie die der schwarzhaarigen Bloodly Boys auf einem ihrer mitternächtlichen Gelage … oh, Mann, jetzt rede ich schon wie sie, wie Wink.

Egal, egal, ihr hättet sie hören sollen, wie sie diskutierten, wer mich am besten kannte und warum ich wirklich verschwunden war, wieso ich auf die Idee kommen könnte, wegzulaufen, wieso ich in den Twist springen würde. Thomas meinte, ich würde es aus Traurigkeit tun, doch das sagt er nur, weil er selbst traurig ist, und Briggs meinte, ich würde das niemals tun, weil ich eine Kämpferin wäre, aber auch nur, weil er eben ein Kämpfer ist, und Buttercup glaubte, ich hätte Schuldgefühle wegen all der Grausamkeiten aus der Vergangenheit, weil sie selbst ein schlechtes Gewissen hat, und Zoe sagte, wenn ich weglaufen oder in den Fluss springen wollte, wäre das mein gutes Recht, weil sie das Gleiche für sich beansprucht.

Aber keiner, wirklich keiner, begriff, was wirklich los war.

Außer Midnight.

Er wiederholte noch mal, was er bereits gesagt hatte, dass sie Wink bräuchten, und dann brachen sie auf, um sie zu holen.

Wink

Sie brauchten meine Hilfe, das war mir vorher klar.

Ich wusch mir die Haare mit Zimtseife, zog meinen Kastanienrock an und wartete auf dem Heuboden auf sie.

Dann teilte ich ihnen mit, dass wir die Séance im Roman-Luck-Haus abhalten mussten, weil alles dort aufhören musste, wo es angefangen hatte. Ich holte eine Ersatz-Tagesdecke aus Mims Vorrat in der Truhe am oberen Treppenabsatz, warf sie mir über die Schulter, nahm meinen Korb und ging mit den anderen in den Wald.

Die Decke legte ich im Musikzimmer auf den Boden, holte drei weiße Kerzen aus dem Korb und stellte sie in die Mitte. Ich kannte mich aus. Sieben Mal hatte ich schon zugesehen, als Mim eine Séance abgehalten hatte. So etwas tat sie nicht für jeden beliebigen Kunden, sondern nur für die besonderen, für die besonderen mit viel Geld. Ich stellte mich kurz schweigend in eine Ecke, als müsste ich mich innerlich vorbereiten, doch es diente vor allem dem theatralischen Effekt.

Midnight war still und sagte nicht viel. Er hatte Angst. Alle guten Helden haben Angst, wenn sie das Böse kennen, dem sie sich stellen müssen.

Briggs fragte, warum ich kein Ouijabrett mitgebracht hatte, und als ich erwiderte, dass ich gar keins besaß, schien er mir nicht zu glauben.

Thomas verkroch sich in einer dunklen Ecke wie in einem Versteck, als wäre er Anthony Twilight in *Vierzehn Gestohlene Dinge.*

Buttercup und Zoe schmiegten sich aneinander, flüsterten sich etwas ins Ohr und hielten Händchen.

Ich zündete die Kerzen an.

Es ging los.

Midnight

Die Gelben und ich trafen Wink auf dem Heuboden an.

Ihr Blick, als sie uns alle auf der Leiter entdeckte, ließ vermuten, dass sie unseren Besuch vorausgesehen hatte.

Sie nahm die Decke und den bereits gepackten Korb – so gut war sie vorbereitet. Während wir nebeneinander hergingen, schwiegen wir wie bei jenem ersten Mal, als wir später unversehens auf Poppys Party gelandet waren.

Wink stellte die Kerzen auf die Decke, ohne sie anzuzünden, und begab sich in eine dunkle Ecke. Wahrscheinlich meditierte sie oder was ein Medium so macht. Ich setzte mich derweil auf das grüne Sofa und lauschte den Bodendielen im Flur, die knarrten, obwohl niemand darüber ging. Ich lauschte den Zweigen, die über die unversehrten Reste des Panoramafensters kratzten. Ich lauschte dem alten Haus, das seine althäusigen Geräusche von sich gab, ächz, knarz, stöhn.

Da war ich wieder, mitten in der Nacht im Roman-Luck-Haus.

Wo ich erst Wink reingelegt hatte und dann Poppy, wo ich sie beide geküsst und beide gefesselt hatte … und jetzt war ich wieder in diesem Haus und Poppy war verschwunden und ich hatte die Gelben zu einer Séance versammelt.

Briggs machte ein paar Witze darüber, wie blöd Séancen waren, und dass das alles Quatsch sei, bei dem man eben auf Tische klopfte, Wandtäfelungen verschob und falsche Bärte trug, doch niemand lachte oder sah ihn auch nur an.

Wir setzten uns im Kreis auf die Decke.

Wink zündete die Kerzen an.

Wink

Ich forderte sie auf, sich an den Händen zu halten. Dann sagte ich mit ernster Miene, schlimme Dinge würden passieren, wenn auch nur einer von ihnen im Laufe der Séance losließ. Das stimmte nicht, doch ich wollte mich vergewissern, dass sie mir glaubten.

Midnight saß rechts von mir, sein Griff war stark und kräftig wie der von Dieb. Thomas saß zu meiner Linken. Seine langen Elfenfinger waren warm, beinahe heiß. Ich wartete, bis Buttercup und Briggs und Zoe sich an den Händen hielten und bereit waren.

Nichts geschah.

Ich fragte Poppy, ob sie anwesend sei.

Nichts geschah.

Das Haus ächzte und stöhnte und die Gelben atmeten schwer und zuckten und rutschten hin und her und Midnight drückte meine Hand.

Nichts geschah.

Ich rief noch einmal nach Poppy. Ich sagte, ich sei bereit und würde ihr zuhören.

Nichts geschah.

Die Kerzen flackerten und draußen frischte der Wind auf, doch mir war nicht kalt. Auf einmal wurde mir warm, so warm, als würde ein Feuer in mir brennen. Ich hielt den Atem an und malte mir aus, ich wäre ein tiefer, offener Hohlraum, ein Gefäß, das gefüllt werden wollte, genau wie Mim es mir beigebracht hatte.

Nichts geschah.

U

n

d

d

a

n

n

wurde mein Kopf zurückgerissen. Mein Mund öffnete sich und meine Augen schlossen sich und meine Zunge flatterte und die Worte … sprudelten hervor …

Ich zuckte wild und flüsterte und schrie und die Worte *sprudelten und sprudelten.*

Ich war Autumn Lind mit dem Küchenmesser und dann war ich Martin, ich schrie und schrie, während das Blut herausschoss, direkt in dieses Zimmer schoss, sag meinen Kindern, dass ich sie liebe, sag es ihnen, sag's ihnen, und dann war ich wieder Autumn und würgte und zitterte, als mein Genick in der Schlinge brach …

Ich zuckte wild und kreischte und dann war es mit den Worten …

v

o

r

b

e

i.

Ich hob den Kopf, öffnete die Augen und entspannte meine Schultern. Midnight und die Gelben bebten und ich spürte die Angst, die in der Luft hing und knisterte wie atmosphärische Störungen bei einem Gewitter.

Und wie aufs Stichwort fing es draußen an zu regnen, als hätte ich es so befohlen, als hätte ich den Regen vom Nachthimmel gerufen, so riss er an dem kaputten Fenster und platschte ins Haus und traf mich auf die Wange. Nun war ich die Königin, verbeugt euch vor mir, so war es vorbestimmt, so sollte es sein, dass alle mich ansahen und mit angehaltenem Atem an meinen Lippen hingen …

Ich entriss Midnight und Thomas meine Hände und stand mit einer fließenden schnellen Bewegung auf.

»Scheiße, ihr seid die letzten Loser!« Das kam als Erstes aus meinem Mund und sie sahen mich nur durchdringend an, als hätte ich sie nicht früher bereits als Loser bezeichnet, hundertmal, tausendmal, millionenfach.

Ich blickte an mir herab, strich über mein Haar und über meine knochigen Knie. »Glaubt ihr etwa an diesen Mist? *Wildviech.* In der Not frisst der Teufel Fliegen, oder wie?«

Sie starrten und starrten und ich ließ sie gewähren, überließ sie ihrer Wahrnehmung.

»*Poppy … Poppy, wo bist du? Geht's dir gut? Was ist mit dir passiert?*« In quiekenden, lächerlichen weinerlichen Stimmen.

»Ich bin tot«, flüsterte ich. Dann lachte ich. »*Tot.* Ich bin tot und dieses Haus ist mein Grab und ich will, dass ihr es niederbrennt. *Ich verlange, dass ihr das Roman-Luck-Haus bis auf die Grundmauern niederbrennt.*«

Der Regen prasselte nur so und die Blitze zuckten glatt über die Sterne und ich stand dort mit den Händen in den Hüften, und die anderen beobachteten starr vor Angst jede Bewegung, die ich machte, mit ihren jämmerlichen offenen und furchtbar erschrockenen Gesichtern.

Sie stellten mir Fragen, jede Menge Fragen, wer das getan hätte und wer jenes, und was es mit den Briefen auf sich hätte und mit den Hinweisen, und oh, wie sehr es ihnen leidtäte, so schrecklich leid, so furchtbar leid … und ich langweilte mich zu Tode. Deshalb legte ich Thomas schließlich die Hände auf die Schultern und setzte mich rittlings auf ihn, schmiegte meine mageren Beine an seine Hüften und drückte zu. Ich küsste ihn, küsste ihn leidenschaftlich, ich ließ mein Becken kreisen und mein Haar schwingen und Thomas küsste mich zurück, da war ich mir nicht sicher gewesen, aber oh ja, er tat es, er riss auch seine andere Hand los und schlang die Arme um mich, während die anderen glotzten, und dann flüsterte ich ihm ins Ohr: »Weißt du noch, wie wir es eines Nachts im Regen gemacht haben, im nassen Gras am Blue Twist? Die kalten Tropfen fielen auf unsere nackte Haut und wir bebten wie Geister, glitschig wie Aale … Das habe ich niemandem erzählt, du?«

Als Thomas den Kopf schüttelte, stand ich auf und ging im Kreis, um ihnen allen etwas ins Ohr zu flüstern, ich wisperte ihre Geheimnisse und sie sahen zu und glotzten und ich tänzelte um sie herum, Hüfte links, Hüfte rechts, wölbte meinen langen Rücken und schwenkte mein Haar. Ich war die Königin, ich war die Böse, ich herrschte über sie alle. Wie kalten Regen ließ ich ihre Verehrung über mich ergehen, wie den Regen dort draußen, der den Himmel abkühlte, und das fühlte sich so gut an, dass ich vor Freude schreien schreien schreien wollte, glotzt doch weiter, ihr Idioten, glotzt, saugt es auf, saugt es auf, saugt mich auf wie Sonnenstrahlen nach dem Sturm, eine wie mich wird es nie wieder geben, nie nie nie wieder.

Midnight kam als Letzter dran, ich hatte ihn mir in dem Kreis aufgespart, setzte mich auf seinen Schoß und packte sein Haar, und er sah mich entsetzt an, wunderschön und ehrlich entsetzt, und mein rotes Haar umhüllte seine Wangen und ich drückte meine Brust an seine und flüsterte ihm ins Ohr: »Tut mir leid, dass ich dich mit deinen Zaubertricks aufgezogen habe, das habe ich später bereut, wirklich, es tut mir alles leid, womit ich dich aufgezogen habe, Midnight, auch hiermit, mit den Briefen und der Séance, das war alles nur für dich, damit ich dir sagen konnte, dass du mir fehlst, ich vermisse dich, echt, wie sehr ich dich vermisse! Dort, wo ich bin, vergeht die Zeit langsamer, es fühlt sich an, als wäre es Jahre her, seit ich zu dir ins Bett gekrochen bin, Jahre über Jahre, ich wollte dich einfach nur noch einmal sehen, Midnight, ich musste dir doch sagen, wie leid es mir tut, ich –«

Da hat er mich einfach weggestoßen, brutal, als würde ich brennen, als wäre ich Gift.

Und ich stieß mit dem Fuß an die Kerze und die Kerze fiel auf die Decke und dann …

Feuer.

Midnight

Wink forderte uns alle auf, uns an den Händen zu halten. Ich nahm ihre in die rechte und Buttercups in die linke.

Jasmin. Das kam als Erstes.

Die Gerüche aus dem Roman-Luck-Haus, der Geruch von Staub und Fäulnis und Hölzern und Schimmel … weg, alles weg.

Jasmin erfüllte die Luft.

Die Gelben merkten es auch. Sie rissen die Augen auf, das habe ich gesehen. Sie wussten, was das bedeutete. Der Duft war schwer, eklig, und ich hätte mir gern die Nase zugehalten, wenn Wink uns nicht verboten hätte, loszulassen.

Wink.

»Poppy, bist du da?«, fragte sie. Ihre Stimme war ruhig, klar und sanft.

Stille.

Ich drückte ihre Hand.

»Ich höre zu, Poppy. Ich bin bereit.«

Stille.

Es fing ganz langsam an. Wink schloss die Augen und ihre Lippen wurden ganz schmal und fest, als wollte das Gesicht ihren Mund einsaugen. Ihre Wangen wurden hohl. Wie harte, dunkle Dellen.

Die Gelben hörten auf, die Köpfe zu verdrehen und die Nase in die Luft zu halten. Wir waren alle wie gelähmt.

Winks Kopf fiel so weit in den Nacken, dass ihre Haare bis auf den Boden reichten, und ihr Körper wurde steif, stramm gezogen wie ein fest gespanntes Tau, wie das Seil, mit dem wir Poppy mit den Handgelenken an den Flügel gefesselt hatten.

Was da aus ihrem Mund kam …

Wortsalat und Flüche und Stöhnen. Kehlige Laute und Schluchzen. Immer mehr, immer weiter. Wink zuckte und wehrte sich gegen meinen Griff, doch ich ließ nicht los, ich ließ nicht los. Ihr Kopf peitschte zur Seite und ihr Rücken wölbte sich und Tränen liefen aus ihren grünen Augen …

Was sollte ich tun? Das sollte aufhören, ich musste es beenden, aber ich hatte Angst, solche Angst – war es das, was Poppy wollte? Dass Wink ins Roman-Luck-Haus kam und die Unversöhnlichen hereinließ, damit sie auch sie vernichteten? Wink hatte gesagt, etwas Schlimmes würde geschehen, wenn wir losließen, doch ich wollte mich losreißen, ich wollte sie schütteln, wollte die Unversöhnlichen aus ihr herausschütteln, verdammt, es war so schrecklich, kein Wunder, dass Poppy gestorben war, nachdem wir sie mit ihnen allein gelassen hatten, wie konnten wir das nur tun?

Wink fing an zu schreien und ich schrie mit und Zoe und Buttercup schrien auch und Briggs rief etwas und Thomas schwieg und …

Und dann hörte es auf, plötzlich und unerwartet.

Wink verstummte. Ganz und gar, ihre Stimme, ihre Arme, ihre Haare, *stumm*.

Ihre Finger erschlafften.

Dann richtete sie sich auf und öffnete die Augen.

In diesem Augenblick brach das Gewitter los, wirklich, genau in dieser Sekunde. Der Regen schlug auf die Scherben des Panoramafensters, plopp, plopp, und dann mit immer höherer Geschwindigkeit. Es donnerte so laut, dass die Erde bebte, doch vielleicht war ich es auch nur, der bebte und zitterte. Ich konnte mit dem Zittern nicht mehr aufhören.

Als Wink mir ihre Hand entriss, flutschten ihre Finger glatt durch meine. Ich stöhnte leise auf, als das geschah. Ich war so davon überzeugt gewesen, dass alles gut ausgehen würde, wenn ich nur ihre Hand festhielt.

Sie stand auf. Dann warf sie ihre roten Locken zurück und stützte die Hände auf ihre verschwindend schmalen Hüften.

»Scheiße, ihr seid die letzten Loser!«, sagte sie.

Aber das war nicht mehr Winks Stimme, so fein und flüsternd und sanft. Diese Stimme war arrogant. Und sinnlich.

Wink strich über ihr Haar und betrachtete ihre Arme und Beine mit eleganten anmutigen Drehungen, hob die Augenbrauen und verzog schmollend den Mund.

»Glaubt ihr etwa an diesen Mist? *Wildviech.* In der Not frisst der Teufel Fliegen, oder wie?«

Das Frösteln nahm seinen Anfang in meinem Herzen und verkühlte den Rest. Meine Kopfhaut schmerzte und meine Haut juckte.

Mit meiner linken hielt ich Buttercups Hand. Das hatte ich vollkommen vergessen, bis sie meine Finger so fest drückte, dass mir die Luft wegblieb.

»*Poppy … Poppy, wo bist du? Geht's dir gut? Was ist mit dir passiert?*« Thomas liefen die Tränen über die Wangen, so fließend wie draußen der Regen.

»Ich bin tot.« Dann lachte sie. Und wieder war es nicht Winks Lachen, nicht einmal annähernd klang es wie Winks Wispern und Klimpern, das an Klaviertöne erinnerte. Dieses

Lachen war kalt und hartherzig und höhnisch und Poppy, ganz Poppy.

»*Tot.* Ich bin tot und dieses Haus ist mein Grab und ich will, dass ihr es niederbrennt. *Ich verlange, dass ihr das Roman-Luck-Haus bis auf die Grundmauern niederbrennt.*«

Keiner rührte sich.

»*Wo bist du? Können wir dir helfen? Es tut uns ja so leid, wir haben es erst nicht geglaubt, nicht geglaubt, dass du es wirklich tun würdest …* « Buttercups Stimme flackerte, an, aus, wie die Flammen der Kerzen.

»Wink und Midnight haben mich gefesselt hier allein gelassen, aber die Unversöhnlichen haben ebenfalls ihren Beitrag geleistet. Was sie anging, hatte Sommersprossenfresse Wildviech dann doch mal recht.« Und sie lachte wieder, hohl und gemein und kalt. »Jetzt sind sie auch hier, sie sitzen euch im Nacken … nur könnt ihr sie nicht einmal sehen, ihr Deppen. Mir können sie nichts mehr tun, darüber bin ich hinweg, aber nun konzentrieren sie ihre gesamte Bösartigkeit auf euch.«

»Wer ist hier? Was sind die Unversöhnlichen?« Briggs' Stimme war gleichzeitig stark und zittrig.

Wink seufzte …

Ich meine natürlich Poppy …

Ich meine Wink …

»Das ist so was von *langweilig*. Ich habe keine Lust mehr auf eure Fragen. Haltet alle die Klappe, damit ich endlich tun kann, wozu ich gekommen bin.«

Dann setzte sie sich auf Thomas, schmiegte sich an ihn und drückte ihre Knie an seine Hüften.

Sie küsste ihn.

Er erwiderte ihren Kuss.

Es waren Winks rote Haare und Winks knochiges Rückgrat, doch es waren Poppys Lippen und Poppys Gesten und es war entsetzlich. *Entsetzlich.*

Sie legte den Mund an Thomas' Ohr und begann zu flüstern. Wieder kamen ihm die Tränen und er öffnete leicht den Mund und wirkte dermaßen traurig ... und von übergroßer Freude erfüllt ...

Dann stand sie auf und ging zum Nächsten.

Zoe.

Buttercup.

Raunen, untröstliche Blicke und entsetzlich, entsetzlich.

Briggs küsste sie auch, sie hielt seine Wangen in ihren sommersprossigen Händen. Als ich das sah, brach es mir das Herz. Mitten entzwei. Dabei wusste ich nicht, ob es daran lag, dass Wink ihn küsste, oder Poppy, oder beide.

Zum Schluss saß sie auf meinem Schoß. Sie vergrub ihre Finger in meinem Haar und drückte ihre Locken an meinen Hals und ihre Brust an meine.

Und die Dinge, die sie sagte, *und die Dinge, die sie sagte*, mit Poppys Stimme mit Winks Mund. Immer wieder sagte sie, wie leid es ihr tat. Sie hörte gar nicht mehr auf.

Doch Poppy sagte nie, dass ihr etwas leidtäte. Wirklich nie.

Wirklich nie.

Ich ertrug es nicht. Ich konnte es keine Sekunde länger ertragen.

Ich stieß sie weg.

Ihr Fuß warf die Kerze um, die Decke verschob sich und dann Flammen, Flammen und Feuer.

Wink

Ich war wieder ich und die Decke brannte und dann der Saum von Zoes Kleid.

Midnight sprang auf und trampelte die Flammen aus und Zoe rollte über den Boden und Buttercup schrie.

Das Feuer flog über die Dielen und die Vorhänge hinauf und auf den Flügel. Thomas und Briggs zogen ihre T-Shirts aus und schlugen auf die orangefarbenen brennenden Schwaden ein, doch der Rauch wurde immer dichter und stieg wie magische Bohnenstangen in den Himmel. Ich konnte nichts sehen, vom Rauch, und die Tränen liefen mir übers Gesicht. Als ich stolperte, stieß ich gegen den Klavierhocker, Hände halfen mir auf, ich stolperte erneut, wo war das Fenster? Ich konnte nichts sehen, konnte nichts sehen, jemand zog mich am Arm und dann war es da, das Panoramafenster, direkt vor mir. Ich drängte hindurch, hustete, hustete, und fiel dahinter auf die Erde, neben Buttercup. Zoe half uns hoch, meine Augen brannten und ich blinzelte und blinzelte, doch sehen konnte ich immer noch nichts. Ich packte Zoes Hand und Buttercup nahm meine andere und dann rannten wir zum Wald.

Als ich den Duft der Kiefern roch, wusste ich, dass wir unter Bäumen waren. Ich ließ die Mädchen los und rieb mir die Augen, meine Wangen waren blutverschmiert, ich hatte mir die Hände an den Scherben der Fensterscheiben aufgeschnitten. Buttercup und Zoe liefen weiter in die Dunkelheit, ohne auf mich zu warten. Sie rannten wie Diebinnen, wie die zwölf Mädchen in *Zwischen dem Drachen und dem Grimm*, ohne auch nur einen Blick zurückzuwerfen, bevor sie im dunklen Wald verschwanden. Kurz darauf liefen Thomas und Briggs mit ängstlichen weißen Gesichtern und keuchenden offenen Mündern an mir vorbei.

Ich schaute mich um, zurück zum Roman-Luck-Haus, aus dem der Rauch kräuselnd hochstieg, als wollte er den Mond berühren, als wäre ihm der Regen egal, denn der Sturm konnte dem Feuer nicht das Geringste anhaben …

Rumms.

Das Dach stürzte ein.

Rumms, rumms, rumms.

Ich schaute mich um, ich wollte seine Hand halten …

Doch er war nicht da.

Midnight war nicht da.

Midnight

Überall war Rauch, ich musste schrecklich husten und husten, während ich die Umrisse zählte, eins, zwei, drei, vier, fünf, alle waren durchs Fenster gehuscht, sie waren in Sicherheit, ich zog mich am Sims hoch, Achtung Scherben …

Doch dann hörte ich es. Es donnerte.

Allerdings war es kein Donner, sondern das Dach.

Ich sah den Riss. An der Decke. Ich war noch so lange bei Bewusstsein, dass ich sehen konnte, wie sie aufriss … der Putz löste sich, fiel herab … dann Staub … Rauch … meine Lunge … Dunkelheit.

Poppy

Ich war da, schaute zu. Ich hasste hasste hasste das Roman-Luck-Haus, doch ich war trotzdem gekommen. Ich bewegte mich zwischen den Schatten und niemand sah mich. Niemals sah man mich mehr.

Ich beobachtete das ganze Geschehen, ich lachte, wenn Wink lachte und zuckte zusammen, wenn Midnight zusammenzuckte.

Feuer.

Ich war da, als das Dach einstürzte. Ich war da, als alle durchs Fenster stiegen, alle außer Midnight. Ich war auch da, als er zusammenbrach. Ich packte ihn, ohne auch nur eine Sekunde nachzudenken, und schleppte ihn durch den Flur zur Hintertür hinaus, während um uns herum die Holzbalken herabfielen.

Midnight

Ich öffnete die Augen. Waldboden, Erde und Kiefernnadeln.

Die Sonne ging auf, ich konnte den hellen Schein sehen …

Ich drehte den Kopf zur Seite. Das war nicht die Sonne. Es brannte. Das Roman-Luck-Haus brannte. Auf gerader Linie durch den Wald nur fünfzig Meter entfernt. Ich wollte mich hinsetzen, doch meine Knochen fühlten sich so schwer an, so verdammt schwer. Meine Lunge brannte, das Atmen tat weh.

Es roch nach Jasmin.

Nach Rauch, aber auch nach Jasmin.

Und dann war sie da, ihr Gesicht vor meinem, ihr blondes Haar kitzelte meine Kehle.

»*Midnight*«, sagte sie.

Ihre Stimme hatte sich verändert. Sie klang dumpf und traurig.

»*Poppy.*«

Ich streckte die Hand zu ihr aus, wollte mit den Fingerspitzen ihre Wange berühren …

Aber meine Hand hing in der Luft.

Sie war schon weg.

* * *

Ich traf Wink im Wald. Sie schrie leise auf, als sie mich sah. Ich umarmte sie. Wir rochen beide nach Rauch, aber an ihr roch es gut.

»Ich konnte dich nicht finden, nachdem wir alle durchs Fenster gestiegen waren«, flüsterte Wink an meinem Hals. »Was ist passiert, Midnight? *Wo warst du?*«

In der Ferne Sirenen, durchdringend und schrill.

»Ich bin von dem Rauch ohnmächtig geworden und im gleichen Augenblick ist das Dach eingestürzt.«

Sie schlang die Arme fester um mich und drückte die Ellbogen an meinen Bauch.

»Jemand hat mich zur Hintertür geschleppt, Wink. Und weiter in den Wald.«

»Wer?« Der Hauch ihres Atems an meinem Hals.

Doch ich gab keine Antwort.

* * *

»Kannst du dich an irgendetwas erinnern?«, fragte ich eine halbe Stunde später auf dem Heuboden. »Weißt du, was du getan hast? Was geschehen ist, bevor die Decke Feuer gefangen hat?«

Wink schüttelte den Kopf. »Eben hielt ich noch deine Hand und dann kam ich plötzlich schreiend zu mir und sah die Flammen.«

»An die Unversöhnlichen kannst du dich nicht erinnern?«

Sie schüttelte erneut den Kopf.

Es dämmerte. Das spürte ich mehr, als dass ich es sehen konnte. Die Luft prickelte kristallklar und kalt und roch nach all dem Rauch richtig gut.

»Du warst *sie*, Wink. Ihre Stimme, ihre Gesten, ihre Ausdrucksweise, alles.«

Eine Zeit lang sagte sie nichts. Wir lehnten uns an einen Heuballen und sie hatte den Kopf auf meinen Bauch gelegt. Ich strich mit dem Daumen über die Innenseite ihres dünnen Arms und verweilte an ihrem Handgelenk, um ihren Puls zu fühlen. Tick, tick, tick. Sie hatte sich an den Scherben des Panoramafensters geschnitten und über beide Handflächen zogen sich ausgefranste Streifen geronnenen Blutes. Als ich einen Kuss auf eine ihrer Wunden drückte, zuckte sie zusammen.

»Mochtest du mich, als ich sie war?«, fragte sie leise, leise.

»Nein.«

»Sicher?«

»Ja.«

Sie drehte sich um, zog mein T-Shirt hoch und gab mir knapp über dem Bauchnabel einen Kuss auf den Bauch. Die Hände hatte sie an meine Seiten gelegt.

»Du bist ganz *sicher*?«

Ihr Mund auf meinen Rippen, auf meiner Brust …

»Ja, ganz sicher.«

Ihre Fingernägel krochen nach oben, sanft, so sanft …

Überall ihre roten Locken …

Und dann richtete sie sich auf und küsste mich geradewegs auf den Mund, voller Leidenschaft und Tiefe. Der Kuss hörte nicht mehr auf.

Sie schwang ihr linkes Bein über mich, rutschte mit den Knien höher zu meinen Hüften, links und rechts …

Sie warf die Haare nach hinten und wölbte den Rücken, nur kurz, einfach genau richtig.

Da wusste ich Bescheid.

Ich *wusste* es.

Ich löste mich von ihr in dem Augenblick, in dem der erste Sonnenstrahl auf den Heuboden fiel. Ich wich zurück und sah ihr in die Augen.

Sie musste nichts sagen. Ich las es in ihrem grünen Sonnenaufgangsblick, las es wie eine Seite in einem Buch.

»Poppy ist nicht tot«, wisperte ich.

»Natürlich nicht«, wisperte Wink zurück.

* * *

Ich ging nach Hause. Nachdem ich geduscht hatte, kroch ich in mein Bett. Mein Kissen roch noch immer nach Jasmin.

Einige Stunden später stand ich auf, kochte Tee für meinen Dad und brachte ihm die Tasse in seine Mansarde.

»Hast du heute Nacht die Sirenen gehört?«, fragte er mit der Nase in einer alten Ausgabe von *Don Quijote*.

»Jep. Das Roman-Luck-Haus ist abgebrannt.«

Er fragte mich nicht, woher ich das wusste. »Wahrscheinlich ist der Blitz eingeschlagen.«

»Denke ich auch.«

Er nickte, hob aber nicht den Kopf. Er wusste, dass ich log, sagte jedoch nichts, fragte mich nicht aus oder zwang mich zu einem Geständnis. Das würde er nie tun. So war er eben, mein Vater, im Guten wie im Bösen.

Ich ging wieder nach unten in die Küche und holte eine Landkarte aus der Schublade.

Auf der Farm der Bells war alles ruhig, als ich daran vorbeiging. Alle Tiere schliefen, und die Menschen auch. Irgendwie kam mir die Farm verändert vor. Sie wirkte immer noch friedlich und magisch … doch nun haftete ihr etwas Dunkles an, wie die schwarze Wolke am Horizont, wenn Dieb durch den Seufzerwald geht und in der Ferne das Heulen der Hexenwölfe über dem Vogelgezwitscher und dem Rauschen der grünen Blätter und dem Murmeln des Roten Flusses hört.

Ich bog auf die ungepflegte Schotterstraße ab. Links, dann rechts und über den Hügel.

Zur alten Gold Apple Mine.

Wink

Ich sah, wie Midnight die Straße hinunterging, und wusste, wohin er wollte.

Er hatte mich nicht bemerkt. Ich konnte mich sehr gut verstecken. Das hatte ich aus dem Buch *Schleichen und Schatten* gelernt.

Ich hatte es auch Poppy beigebracht. Sie lernte schnell.

Die Wölfin war erstmals am Arm meines Bruders Leaf zu

uns gekommen. Sie hatte ihn gern, weil er so wild und schonungslos war. Das hatte sie ebenfalls in sich, obwohl es die meiste Zeit unter Dach und Fach und weggesperrt war wie bei der mit Drogen vollgepumpten Frau in *Blutrot und Weiß*. Damals war die Wölfin noch jünger. Sie war noch Poppy, mehr nicht, ein Mädchen eben, wie wir alle. Und Leaf wusste mit ihr umzugehen. Er wusste, mit wem er es zu tun hatte. Er hatte kein großes weiches Herz wie Midnight mit weit geöffneten Fenstern und Türen, in das man leicht hineingelangte. Leafs Herz war mit Stacheldraht und Alarmanlagen und scharfen bellenden Hunden gesichert. Vor Poppys Zähnen war er sicher.

Außerhalb des Heubodens war ich unsichtbar. Ich war ein Geist.

Doch auf dem Heuboden war es etwas anderes.

Als Poppy mich zum ersten Mal dort oben traf, während ich gerade den Waisenkindern vorlas, war sie mit Leaf zusammen. Später kam sie dort hoch, um mich zu besuchen. Sie sagte, sie wollte meine Geschichten hören. Sie sagte, meine Art vorzulesen, würde ihr gefallen. So wie die Art, wie sich mein Haar lockte. Und die Art, wie meine Sommersprossen sie an meinen Bruder erinnerten.

Außerhalb des Heubodens nannte die Wölfin mich Wildviech, aber dort oben redete sie mich mit Wink an. Sie lehrte mich, die Lippen beim Küssen weich zu halten. Sie lehrte mich, bis zur Gänsehaut mit den Fingerspitzen über Haut zu streicheln.

Die Weiße Hexe gab Edmund Türkischen Honig und überredete ihn zum Verrat an seinem Bruder und seinen Schwestern. Die Wölfin küsste mich und wollte meine Freundin werden. Doch im Gegensatz zu Edmund wusste ich, dass es das alles nicht umsonst gab. Das wusste ich von Anfang an. Mir war vollkommen klar, was sie wollte. Mich konnte sie nicht verzaubern wie alle anderen, wie mit Zauberworten und einem Zauberstab, den sie über dem Kopf schwenkte.

Poppy

Ich bin in den Blue Twist gesprungen. Ich dachte, vielleicht wollte ich ertrinken wie Virginia Woolf, auch wenn das nicht der Plan war, nie der Plan gewesen war. Doch da ich mir keine Steine in die Taschen steckte, meinte ich es wohl doch nicht ernst. Das Wasser drehte mich beständig im Kreis und als ich gerade den Mund aufmachen wollte, damit sich meine Lunge damit vollsog, warf der Fluss mich an einen toten alten Baumstamm und nahm mich nicht weiter mit.

Ich kroch aus dem Wasser und mein schwarzes Kleid haftete an mir wie Klebstoff. Ich fiel aufs Ufer und als ich nach oben blickte, fühlte ich mich so lebendig wie noch nie in meinem Leben.

Danach gab es nur noch mich und die Pferde der Bells und die alte Gold Apple Mine am Gold Apple Creek. Ich schlief im Heu und aß wilde Pflaumen. Allein mit mir selbst sang ich lauthals im Wald wie Leaf damals.

Ich dachte eigentlich, ich wäre zu verwöhnt, zu sehr Prinzessin auf der Erbse, um mich allein durchzuschlagen, nachdem so viel geschehen war, seit ich zur Hütte meines Großvaters geflohen war. Doch Wink glaubte an mich und dadurch glaubte ich auch selbst wieder an mich und so etwas wie diesen Glauben hatte ich gar nicht gekannt, bevor sie ihn mir vermittelt hat.

Eines Tages habe ich Wink dabei erwischt, wie sie meine Handschrift abgekupfert hat. Ich dachte mir schon, dass sie damit nichts Gutes im Schilde führte, doch ich führte selbst nie Gutes im Schilde, wie sollte ich ihr da einen Strick draus drehen?

Sie besuchte mich jeden Tag, jede Nacht, und schenkte mir eine Angel, Kaffeebohnen und hart gekochte Eier und Obst und Sandwiches, Käse und Bücher. Ich las sie tatsächlich alle, ihre Elfenbücher, und nicht nur einmal, sondern so oft, bis ich sie verstand.

Ich ließ die Menschen gern nach meiner Pfeife tanzen. Ich zog gern die entsprechenden Fäden, damit sie nach meiner unvergleichlichen Poppy-Musik auf der Bühne auf- und abmarschierten.

Doch Wink gefiel das auch. Sogar noch mehr als mir.

Sie hatte es versprochen.

Sie wusste, wo er war. Leaf.

Ich musste die Wölfin spielen, sagte sie. Das Ganze war ihre Idee, ihr Plan, das mit der Einhornunterwäsche, dem Wettküssen, den Beschimpfungen und dem verfluchten Roman-Luck-Haus und wie Midnight zum Helden werden sollte. Ich sollte an den Flügel gefesselt werden und die ganze Nacht dort bleiben, dann sollte ich für ein Weilchen verschwinden, aber dann würde sie ihn zurückholen. Sie sollte ihn zurückholen. Und ich erklärte mich mit alldem einverstanden, stimmte zu, einfach so, ohne zu zögern, das fiel mir leicht, leicht wie ein Sonnenuntergang, leicht wie Gewitter und anschwellende Flüsse und fortziehende Jungen und zwei Mädchen, die gemeinsam auf dem Heuboden lasen.

Wink

Ich streute das Gerücht, dass Leaf am Amazonas Heilpflanzen suchte, doch in Wirklichkeit war er nach Kalifornien in den Redwood-Nationalpark gezogen. Er lebte mit anderen Helden im Wald, schlief nachts im Zelt und kämpfte tagsüber gegen die Holzfäller.

Poppy wollte Leaf. Sie verzehrte sich dermaßen nach ihm, dass sie sogar im Heu mit mir kuschelte, um zu erfahren, wo er war. Ganz die Verführerin, mit netten Worten und geflissentlichen Gesten. Ich sollte mich geschmeichelt fühlen, schüchtern und überwältigt, und das war ich alles auch. Aber nicht genug.

Schließlich ließ sie die Verführerin fallen und redete wieder mit ihrer normalen Stimme. Sie sprach von Leaf, aber auch über andere Themen. Sie erzählte mir von den Gelben. Sie sagte, dass sie am liebsten jedes Mal schreien würde, wenn ihre Eltern *unser kleiner Engel* zu ihr sagten. Und angeblich hatte sie alle Bücher von Laura Ingalls Wilder sechsmal gelesen und träumte davon, Marys blonde Ringellöckchen radikal abzuschneiden. Sie erklärte, sie hätte gern einen kleinen Bruder oder eine kleine Schwester, und wie sehr sie es hasste, dass in der Schule immer alle so taten, als hätte sie auf jede Frage eine Antwort.

Sie erzählte, dass sie manchmal die ganze Nacht wach blieb, damit sie kurz vor der Morgendämmerung dem Vogelzwitschern lauschen konnte.

Poppy

Ich stellte mir vor, dass sie ohne mich besser dran wären, zumindest für ein Weilchen. Buttercup und Zoe, und Briggs und Thomas, und Midnight. Also, dass sie glücklicher wären und ich auch, und das war jetzt nicht nur mein übliches Selbstzerstörungsgerede. Es gibt Menschen, die müssen für sich bleiben, Thoreau und Emily Dickinson und ich. Das hat Leaf einmal gesagt und dann noch, dass Thoreau und Emily Dickinson bessere Menschen gewesen wären, viel bessere, auch wenn sie schon lange tot waren und er ihnen nie persönlich begegnet war und nur ihre Werke gelesen hatte, doch das hatte ihn nicht davon abgehalten, im Vergleich zu mir, die ich von Grund auf verdorben war, von ihrem vorgeblich herausragenden Charakter zu schwärmen.

Als Midnight mich schließlich an der Gold Apple Mine aufspürte, trug ich ein blaues Kopftuch und wusch meine Anziehsachen in dem kalten Bach; meine Waden leuchteten mondscheinweiß im Wasser. Ich wusste, wie ich aussah, wie eine durch und durch gesunde Milchmagd oder ein anderes weibliches Wesen auf einem in Pastelltönen gehaltenen Gemälde, das mit rosigen Wangen, einer etwas schiefen Stupsnase fröhlich in der Sonne arbeitete. Ich glaube, Midnight war schon eine Weile da und hat mir zugesehen, wie ich ein eingeseiftes altes T-Shirt an einen Felsen schlug.

»Du hast mir das Leben gerettet«, sagte er, als unsere Blicke sich trafen.

»Stimmt«, erwiderte ich seelenruhig.

Er lächelte.

Wink

Es war einmal eine Zeit, in der ich glaubte, ich könnte die Geschichten verändern, bis sie mir besser gefielen, statt sie so zu lassen, wie sie waren. Leaf warnte mich davor. Er sagte, ich würde meine eigene Geschichte erst finden, wenn ich aufhörte, mich in die Geschichten der anderen einzumischen.

Mein Plan sah vor, Midnight und die Gelben im Roman-Luck-Haus zusammenzuführen. Das hatte ich von vornherein vor. Es war das letzte Kapitel.

Die Hinweise … die Gelben würden sie bald genug erkennen. Gemeinsam würden sie das Rätsel lösen, wie Percival Rust, der sich in *Die entsetzliche Entführung* mit den verwaisten Gaunern verbündet, den Code knackt und das verschwundene Mädchen findet.

Doch die Hinweise waren nur für Midnight bestimmt, nicht für die Gelben. Nur für ihn, niemand sonst.

Der Jasminduft. Ich füllte das Öl in die Mulde der drei Kerzen, sodass die Wärme den Geruch verbreitete, sobald ich sie angezündet hatte, einfach, einfach, einfach.

Ich stieg jede Nacht durch Midnights Fenster und besprengte seine Bettdecke damit, einfach, einfach, einfach.

Poppy zu lenken … auch das war einfach. Ich hatte sie beobachtet. Ich kannte sie in- und auswendig. Ich hatte sie von vorne bis hinten durchschaut wie *Die Gestalt im Abgrund.*

Midnight

Ich verbrachte den Tag mit Poppy.

Ich hörte ihr zu.

Sie hörte mir zu.

Danach fühlte ich mich zwanzig Jahre älter.

Später suchte ich Wink auf dem Heuboden auf. Sie stand in der Öffnung und wartete auf mich, als wüsste sie Bescheid.

»Du hast gelogen«, sagte ich, noch mit den Füßen auf der Leiter. »Du hast dich ausgerechnet mit der Person gegen mich verbündet, von der ich mich endgültig lossagen wollte. Du hast mich manipuliert …«

Wink wich zurück, einen Schritt, zwei.

»Du hast Poppy Leaf vor die Nase gehalten und sie um den Verstand gebracht. Du hast den Gedanken in die Welt gesetzt, sie hätte *sich umgebracht*. Und beinahe hätte sie es wirklich getan. Wie konntest du nur? Wie konntest du nur, Wink?« Ich stützte die Hände auf den Boden und zog mich hoch. Ich stand auf und überragte sie bei Weitem, doch diesmal zuckte sie nicht zusammen oder wandte sich ab. »Dachtest du, wenn du ein Märchen erfindest und uns alle dazu bringst, mitzuspielen, und mich dazu, ein Ungeheuer zu besiegen und zum Helden zu werden … dass es dann zu einem Happy End kommt, zum Beispiel mit einer Prinzessin auf dem Heuboden?«

Ihr rotes Haar umrahmte ihre Wangen, die langen Locken verdeckten die Sommersprossen und das Einzige, was ich sehen konnte, waren ihre verdammten grünen Augen, mit denen sie mich anstrahlte, unschuldig wie nur was.

Sie rührte sich immer noch nicht. Keine Entschuldigung.

Von Poppy hatte ich Lügen erwartet.

Aber doch nicht von Wink.

Ich legte die Hand auf mein Herz, schloss die Augen und legte den Kopf in den Nacken …

Ich habe noch nie in meinem Leben jemanden angeschrien. Ich habe weder Alabama angebrüllt noch meine Eltern, nicht einmal Mom, als sie erklärte, sie würde mit meinem Bruder nach Frankreich ziehen. Ich bin nie vor Wut laut geworden. Doch jetzt spürte ich, dass es gleich so weit kommen würde. Ich würde sie anschreien. Ich würde so lange schreien, bis mein Herz platzte und alles Blut verspritzte. Ich würde schreien, bis nichts mehr von mir übrig war, nicht das kleinste verdammte bisschen. Der Schrei stieg meine Kehle hoch, schlug gegen meine Zähne …

Ich öffnete den Mund –

und brüllte.

Zitterig und heiser und rau.

Aber ich brüllte.

Nach drei Sekunden war ich fertig. Ausgelaugt. Ich ließ mich auf den Boden des Speichers sinken und blieb dort.

Wink kam nach einer gewissen Zeit zu mir, setzte sich ins Heu, zog die Knie an die Brust – überall rote Haare.

»Darf ich was sagen?«, fragte sie.

Ich zuckte die Achseln und sah sie nicht an.

Vom Brüllen war ich innerlich freudlos geworden.

Leer.

Hohl.

»Pa war groß und schlank und hatte dunkelbraune Haare und Augen«, sagte sie.

Ich rührte mich nicht von der Stelle. Ich sagte auch nichts.

»Er war ein schöner Mann. Das wusste ich als kleines Kind

schon. Wenn er mir vorlas, fuhr ich stets mit den Fingern durch sein Haar. Ich bewunderte die glatte, olivfarbene Haut seiner Wangen unter meinen blassen, sommersprossigen Händen. Ich weiß noch, wie ich mit dem Daumen über seine langen Wimpern strich und darin schwelgte, wie sehr es kitzelte.«

Sie hielt inne.

Ich seufzte.

Sie fuhr fort.

»Pa hat mir *Die Gestalt im Abgrund* zum ersten Mal vorgelesen, als ich so alt war wie Bee-Lee jetzt. Mim legte irgendwem die Karten, Felix lag schlafend neben ihr und Leaf schweifte durch die Wälder, womit er angefangen hatte, sobald er laufen gelernt hatte. *Manche Menschen sind eben so*, sagte Pa. *Das Vagabundieren liegt ihnen im Blut*. Im tiefsten Herzen war er ebenfalls ein Vagabund wie viele seiner Ahnen vor ihm. Von uns Kindern sieht nur Bee-Lee ihm ähnlich, obwohl Leaf in allem anderen nach unserem Vater kommt. *Reisende soll man nicht aufhalten*, flüsterte Pa mir immer ins Ohr, schon lange bevor ich wusste, was das bedeutete. *Du kannst sie festbinden, wie einen Vogel in den Käfig sperren, das geht auch eine Weile gut, aber irgendwann brechen sie doch aus. Und dann laufen sie weiter, bis sie sterben.*

Ich dachte, er wäre der Held. Wenn er mir Märchen vorlas, sah ich ihn vor meinem inneren Auge. Er war der Abenteurer, der Entdecker, der Draufgänger, der Vorkämpfer. Er war Calvino, der König des Dreizehnten, und Paolo, der verschwundene Erbe vom Ende der Welt. Er war Redmayne, der singend Gott anbetet, und er war der Hirte Gabriel, und auch Nathaniel, der Baumeister der Städte.«

Danach sah Wink lange nur schweigend ins Heu.

Sie sagte die Wahrheit, das spürte ich.

Keine Märchen mehr, keine Lügen.

Und ich war wieder da, wo ich vorher war, sie hatte mich am Haken.

»Was ist aus ihm geworden?«, fragte ich.

»An dem Morgen, an dem Peach geboren ist, ist er fortgegangen. Ich weiß noch … ich weiß noch, wie die Nebelschwaden von den Gipfeln herunterwaberten und die Sonne in ein unheimliches Licht tauchten. Leaf nannte das einen feenartigen Tag und so empfand ich es auch. Mim verließ vorzeitig das Krankenhaus und holte uns bei Beatrice Comb ab, die für sich allein am Fuß des Three Death Jack lebte. Sie passte hin und wieder auf uns auf, bis sie vor einigen Wintern im Schlaf gestorben ist. Wir gingen nach Hause und er war weg.«

Sie sah mich an, grüne, grüne Augen.

»Drei Monate später spielte ich mit Leaf im Wald Schreilaufen, als mir im Roman-Luck-Haus plötzlich etwas auffiel. Da war jemand. Ich schlich näher heran. Als ich durch das große Fenster blickte, sah ich ihn. Er saß im Musikzimmer auf dem grünen Sofa, las Zeitung und trank eine Tasse Kaffee. In der Ecke lag ein Wäschehaufen, auf dem Boden standen schmutzige Teller. Pa wohnte da, schon die ganze Zeit. *Die ganze Zeit.* Er war nicht einmal nach Hause gekommen, um sein neugeborenes Kind zu sehen.«

Lange Pause.

»Und dann … ?«, fragte ich sanft.

»Dann sah er mich am Fenster stehen, auf Zehenspitzen, die Augen knapp über dem Fensterbrett. Er lächelte nicht. Sagte nicht meinen Namen. *Hau ab.* Das ist alles, was er gesagt hat. *Hau ab.*

Das habe ich Leaf erzählt. Und Leaf hat es Mim erzählt. Danach ist Pa abgehauen, verschwunden wie Roman Luck, mitten in der Nacht. Endgültig. Für immer. Autumn und Martin Lind und der Mord, das war alles erfunden. Aber ich habe einen Mann im Roman-Luck-Haus gesehen. Das war nicht gelogen. Das nicht.«

Wink stand langsam auf und ging zur Öffnung des Heubodens. Ich stellte mich neben sie, als sie in die leuchtende Abenddämmerung hinausschaute. Die Zwillinge waren wieder auf dem Dach des Farmhauses und bewarfen Peach, die unten stand, mit Äpfeln. Obwohl sie sich kaputtlachte, wich sie ihnen spielend aus.

* * *

An diesem Abend las Wink das letzte Kapitel aus *Die Gestalt im Abgrund* vor und ich blieb, um ihr dabei zuzusehen. Es war mir wichtig, dass sie den Schluss vorlas. Das Ende war mir wichtig. Als sie fertig war, klappte sie das Buch zu und ging zur gegenüberliegenden Wand. Dort stellte sie sich auf die Zehenspitzen und legte es auf einen staubigen Querbalken.

»Diese Geschichte werde ich nicht noch mal lesen«, sagte sie. »Damit bin ich fertig, Midnight, für immer.«

Dad hat mir einmal gesagt, dass es nichts Ehrenwerteres im Leben gibt, als jemandem zu vergeben. Damals habe ich ihm das nicht geglaubt und vielleicht tue ich es immer noch nicht. Ehre erwirbt man, indem man Feinde in der Schlacht besiegt. Oder wenn man lange spendable Reisen unternimmt, um den Bedürftigen beizustehen. Wenn man das Böse bezwingt und die Unschuldigen beschützt.

Oder nicht?

Ich ging. Dann lief ich zum Blue Twist. Allein. Ich zog mich aus und sprang nackt in den Fluss.

Über mir der Nachthimmel.

Unter mir kaltes, dunkles Wasser.

Ich ging freiwillig unter, ließ mich nach unten, unten, unten auf die glatten Steine am Grund sinken, hinunter in die Finsternis, bis der Fluss über meinem Kopf dahinfloss und meine Haare wie Flammen fächerartig im Wasser trieben.

Wink war nicht die Böse.

Sie war keine Heldin.

Die Menschen sind nie entweder das eine oder das andere. Niemals sind sie das.

Wink war aus Fleisch und Blut.

Sie war schlecht.

Und sie war gut.

Sie war echt.

Und zumindest würde ich sie jetzt endlich richtig kennenlernen. Wie sie wirklich war.

Die echte quicklebendige und atmende und denkende Wink.

Poppy

Meine Eltern kamen von ihrem Kongress zurück, trabten zur Gold Apple Mine und verlangten, dass ich in die Zivilisation zurückkehrte, genau wie damals, als ich in Opas Hütte kampierte. Doch diesmal widersetzte ich mich und nahm einfach weiter die Forelle aus, die ich gerade gefangen hatte. Meine Mom betrachtete meine blutigen Hände und ekelte sich, doch ich war so stoisch wie Anton Harvey, ich war ihm wie aus dem

Gesicht geschnitten. Ich erklärte meinen Eltern, dass es für mich nicht länger infrage kam, bei ihnen zu wohnen, denn ich war dafür geschaffen, Fische zu fangen und draußen zu schlafen und viel allein zu sein. So wäre ich nun mal, und alles andere, zum Beispiel ihr kleiner Engel zu sein, würde mich unglücklich machen und wenn ich unglücklich wäre, würde ich gemein.

Mein Dad murmelte etwas in dem Sinne, das hätte er immer schon gewusst, ich hätte schon als Baby Antons Augen gehabt und würde alle Menschen auf die gleiche direkte Art ansehen wie er, und mein Vater hätte *gewusst*, dass es so weit kommen würde … Hatte er natürlich nicht, der alte Lügner. Meine Mom umkoste und umschmeichelte mich, und als das alles nicht fruchtete, vergrub sie traurig den Kopf in den Händen, doch das hatte sie früher auch nach einem Tag mit Opa getan, als er noch lebte, und davon hatte sie sich immer schnell erholt, deshalb machte ich mir keine Sorgen um sie.

Ich sah zu, wie sie davonfuhren und betrachtete die Spurrillen, die ihr Wagen hinterlassen hatte.

Sie würden wiederkommen.

Doch bis dahin würde ich die Stille genießen, jedes friedliche einsame Fitzelchen.

Gleich würde die Sonne untergehen. Ich holte meinen Schlafsack vom Holzboden des Bergwerks und breitete ihn unter den Sternen im Gras aus, so nah am Fluss, dass ich mit den Fingerspitzen im Wasser einschlief.

Midnight

Ich klärte die Gelben über Poppy auf. Ich berichtete, dass sie am Leben war und draußen in der Gold Apple Mine hauste und einfach nur allein sein wollte. Ich sagte, dass die Briefe tatsächlich Hinweise *enthielten*, dass sie jedoch von Wink und nicht von Poppy stammten – Wink hatte mir eigene Hinweise gegeben, damit ich das Ende der Geschichte erleben konnte, so wie Dieb, wenn er *Fünf Lügen, eine Wahrheit* mit der alten Frau auf der Endlosbrücke spielt. Ich erzählte den Gelben, dass die Séance geschauspielert war und dass Wink hinter alldem steckte.

Die Gelben lösten ihre Verbindung auf.

Ich glaube, das hatte Wink beabsichtigt.

Thomas suchte sich ein anderes Mädchen zum Verlieben, die niedliche Katie Kelpie, die schöne Kurven und ein freundliches Gesicht zu bieten hatte und andauernd lachte. Sie fuhr mit ihm auf ihrer roten Vespa in der Stadt spazieren und brachte ihm bei, Blechflöte zu spielen, damit er bei ihrer irischen Punkband mitmachen konnte. Katie quasselte ohne Unterlass und legte höchstens eine Pause ein, um zu Thomas hochzublicken und sich zu vergewissern, dass er glücklich war, was normalerweise der Fall war.

Ab und zu, wenn ich in die Stadt ging, traf ich Buttercup und Zoe auf dem Friedhof, wo sie Grabinschriften abpausten und sich etwas ins Ohr flüsterten, wie früher, als wäre alles wie immer.

Briggs.

Ihm begegnete ich zufällig im Wald. Es war ein windiger

Tag und fast schon Abend. Er saß neben einem grünen Zelt an einem kleinen Lagerfeuer und starrte ins Leere.

»Wenn es für Poppy gut genug ist, allein im Wald zu leben, dann ist es für mich auch gut genug«, sagte er nach einer Weile.

Ich nickte nur.

»Sie hat uns nie geliebt. Ich meine, keinen von uns.«

Ich nickte noch mal. »Wie lange willst du denn hier im Wald bleiben, Briggs?«

Er zuckte die Achseln. »So lange wie nötig.«

Ich ließ ihn an seinem Feuer zurück.

Dann ging ich zur Farm der Bells und geradewegs in die Küche, ohne zu klopfen, denn so weit waren wir mittlerweile. Mim ließ auf dem Herd etwas schmelzen, das nach Butter, Honig und Rosen duftete. Sie hatte die roten Haare mit einem grünen Schal zurückgebunden und die Ärmel ihrer schwarzen Bluse bis zu den sommersprossigen Ellbogen aufgekrempelt.

»Streck die Hand aus«, sagte sie, ohne aufzublicken.

Als ich gehorchte, schöpfte sie einen sahnigen Klacks in die Mitte.

»Das ist Sheabuttertraumcreme. Gut zum Einschlafen.«

Ich rieb die Hände aneinander. »Riecht gut. Was für einen Traum bringt mir das?«

Mim antwortete nicht, doch sie blickte sich um und lächelte mir geheimnisvoll zu. Dabei sah sie Wink so ähnlich, dass ich eine Gänsehaut bekam.

»Es ist so still«, sagte ich. »Wo sind sie denn alle?«

»Felix hat heute Morgen den weißen Hirsch gesehen und alle sind hinter ihm hergelaufen. Wink hat ein Picknick für die Waisenkinder zusammengestellt, das heißt, sie kommen so schnell nicht wieder.«

Ich setzte mich an den Tisch, auf dem eine Schale mit frisch geschälten Zuckererbsen stand, nahm eine Handvoll von den kleinen grünen Dingern und steckte sie in den Mund.

Mim füllte durchsichtige Gläser mit dem Traumbalsam, jeweils einen sorgfältig abgemessenen Teelöffel nach dem anderen. Mit den Händen auf den Hüften legte sie eine kurze Pause ein. Dann kam sie zum Tisch, beugte sich darüber und schob die Schale mit Erbsen aus dem Weg.

»Ich lege dir jetzt die Karten, Midnight.«

»Okay«, sagte ich.

»Nein, ich lege dir *Winks* Karten.«

Damit hatte ich nicht gerechnet. »Aber Wink hat mir erzählt, dass du ihr nicht mehr die Karten legst, seit du früher irgendwann Bee-Lee die Karten gelegt hast und darin gesehen hast, dass sie jung sterben wird.«

Mim sah mich an und legte die Stirn in tiefe Falten. Sie verzog den Mund. »Das waren nicht Bee-Lees Karten. Das waren Winks Karten.«

Mein Herz hörte auf zu schlagen.

Wirklich.

Ich legte die Hand auf meine Brust und drückte zu.

»Und ich habe es ihr nie erzählt«, sagte Mim. »Aber mit zwölf hat sie selbst angefangen, Karten zu legen. Ich dachte, es würde ihr helfen, ihre Zukunft zu kennen. Damit sie das Leben liebt und es voll auskostet. Ich habe mich geirrt. Und dann ist auch noch ihr Vater auf und davon, obwohl die beiden sich so nahestanden.«

Ich spreizte die Finger auf meiner Brust und drückte fester zu.

»Ich glaube nicht an Tarot«, sagte ich. »Ich glaube nicht ans Wahrsagen.«

Dennoch holte sie ihre Karten heraus, sie zog sie rasch aus ihrer Geheimtasche und legte sie gefächert auf den Tisch.

Ein Skelett.

Ein toter Mann, durchbohrt von Schwertern.

Eine Figur mit Umhang, fünf goldene Kelche.

Zwei Hunde, die den Mond anbellten.

Ein Herz mit drei Dolchen, die bis zum Heft darin steckten.

»Ja«, sagte Mim still.

Ich wusste nicht, was die Karten zu bedeuten hatten oder was Mim in ihnen sah, doch in ihren Wink-grünen Augen brannte tiefe Traurigkeit.

»Die Karten können falsch liegen«, sagte ich.

»Kann sein.« Mim schob die Karten mit einer Hand zusammen und steckte sie wieder ein. Sie widmete sich wieder den Glasbehältern und dem Traumbalsam, hielt inne und warf mir erneut einen Blick über die Schulter zu. »Richtig oder falsch spielt keine Rolle. Wink glaubt daran und allein darauf kommt es an.«

* * *

Ich suchte Wink und fand sie auf dem Heuboden. Die Waisenkinder waren um Mitternacht ins Bett gebracht worden und nun waren wir nur noch zu zweit mit dem Mondschein und einer Decke im Heu. Wir redeten stundenlang. Nur die Wahrheit, keine Märchen.

Ich schlief schon fast, als Wink mich küsste. Sie küsste meinen Hals und mein Kinn und meine Ohren und alles dazwischen. Sie knöpfte mein Hemd auf und ich löste die Knöpfe ihres Erdbeer-Overalls. Sie schlang die nackten Arme um mich und presste sie fest auf meinen Rücken und ich schwöre, ich spürte, wie sich ihre Sommersprossen in meine Haut drückten, jede einzeln.

Sie wölbte ihren Rücken nicht und warf nicht die Haare nach hinten.

Ich löste mich von ihr. Ich sah sie an und sie lächelte. Sie lächelte geradewegs *in mich hinein* – das Echo hallte in meinen Rippen wie ein Ruf, wie ein tiefer, tiefer Seufzer.

Sie schmiegte sich an mich, Brust an Brust, ich vergrub das Gesicht in ihren Haaren.

»Wink«, flüsterte ich irgendwann kurz vor der Morgendämmerung, alles still, doch der Himmel noch schwarz. »*Wink.*«

Ich legte eine Hand auf ihr Herz und wartete darauf, dass es schlug. Und schlug. Und schlug.

Sie wand sich in meinem Arm und blickte zu mir hoch. Da konnte ich es in ihren Augen erkennen. Sie wusste es.

»Mim hat dir meine Karten gelegt.«

Ich nickte.

Als sie die Achseln zuckte, glitt ihre Haut an meiner entlang.

»Mein Herz gibt vielleicht noch zwei Milliarden Schläge her oder nur zweihundert.« Sie seufzte. »Aber eigentlich spielt das keine Rolle. Echt nicht. Früher dachte ich, ich müsste unbedingt in einer Geschichte vorkommen, einer *wichtigen Geschichte* mit Hindernissen und Schurken, mit Versuchungen und Belohnungen. Damit könnte ich es überwinden, könnte den *Tod* überwinden.«

Sie seufzte noch einmal und kuschelte sich enger an mich. »Doch letzten Endes zählen die kleinen Dinge. Wie Mim meinen Namen sagt, wenn sie mich morgens weckt. Wie sich Bee-Lees Hand in meiner anfühlt. Wie die Sonne gestern meinen

Schatten über den Hof geworfen hat. Wie du rot wirst, wenn wir uns küssen. Wie das Heu duftet und die Erdbeeren schmecken und das Gefühl von frischer schwarzer Erde zwischen meinen Zehen. Darauf kommt es an, Midnight.«

* * *

Auf dem Heimweg sah ich den weißen Hirsch. Er stand unter den Apfelbäumen und glänzte, als wäre er aus dem Licht der Sterne geschaffen. Er bedachte mich mit einem langen Blick und sprang dann in die Dunkelheit zurück.

Ich schloss die Augen und wünschte mir etwas.

Wink

Der Sommer ging zu Ende.

Diese Geschichte ging zu Ende.

Ich hielt das Versprechen, das ich Poppy gegeben hatte.

Ich rief Leaf herbei.

Ich schickte einen Brief nach Westen, nach Kalifornien, an eine Hütte im Redwood-Nationalpark.

Leaf hatte seine eigenen Vorstellungen und hörte auf niemanden. Ich wusste nicht, ob mein Brief etwas bewirken würde. Einerseits wünschte ich, ich könnte die Vögel bitten, ihn zu holen, ihn mit ihren Krallen zu ergreifen und durch den Himmel zu tragen wie Andrew in *Der Rabenkrieg*. Andererseits hoffte ich, Leaf würde aus freien Stücken kommen, weil ich ihn darum gebeten hatte.

Der Präriehund wusste vor mir, dass er zurückgekommen war. Ich entdeckte ihn am Waldrand, wo er den Weg zum Roman-Luck-Haus im Auge behielt. Leaf lächelte, als er sah, dass wir ihn beide erwarteten, der Präriehund und ich.

Später, nachdem er Mim und Bee-Lee in die Arme geschlossen und Felix' Freundin kennengelernt hatte und Schreilaufen mit den Zwillingen und Peach gespielt hatte … ging er zu ihr. Ich ließ sie eine Weile allein, aber dann musste ich doch nach ihnen sehen. Ich schlich zur Gold Apple Mine und versteckte mich wie üblich zwischen den Schatten. Sie waren da, sie saßen am Bach und sahen zu, wie die Sonne unterging, Schulter an Schulter, blond und rot.

Poppy

Leaf.

»Und so lebst du also jetzt?«, fragte er.

Ich spürte seinen Blick auf meinem Rücken, er drang durch meine Kleidung und versengte meine Haut.

Ich blickte mich um. Er lehnte am Türrahmen der alten Gold Apple Mine, mit seinen roten Haaren und den Sommersprossen und der knochigen Figur, und sah zu, wie ich Feuer machte. Ich lächelte, ein echtes Poppy-Lächeln, nicht dieses falsche Lächeln, das ich über so viele Jahre aufgesetzt hatte.

»Ja«, sagte ich. »Ich habe es kapiert. Ich habe mich selbst kapiert.«

Leaf lachte. Er *lachte*, tief und strahlend wie nie zuvor, zumindest nicht vor mir.

»Das musst du mir beweisen«, sagte er.

Und das tat ich.

Midnight

Ich las unter den Apfelbäumen mit nackten Füßen im grünen Gras, als es plötzlich donnerte. Ich sah nach oben. Schwarze Wolken wehten heran.

Bei Gewitter ging man auf den Heuboden. Wink und ich fanden es schön, dem Regen auf dem Dach zu lauschen und zuzusehen, wie die Blitze über den Himmel zuckten.

Ich nahm mir Zeit für den Weg zur Scheune und blieb stehen, um die Wolken zu betrachten und den Donner direkt in mein Herz wummern zu lassen.

Ich stieg die Leiter hoch, steckte den Kopf durch die Öffnung und da war sie schon, saß im Heu und aß mit einer Hand Erdbeeren aus einer grünen Schale, während sie mit der anderen die Seiten des Buches umblätterte, das sie las. Wink war allein. Offenbar waren die Waisenkinder im Wald und spielten eins ihrer Waisenkinderspiele.

Ich machte den Mund auf, um sie anzusprechen – da sah ich den Umschlag des Buches.

Ein Junge mit einem Schwert an seiner Seite. Er stand auf einem Hügel vor einer finsteren steinernen Burg mit kargen Bergen im Hintergrund.

Ich schloss die Augen.

Schlug sie wieder auf.

Dann stieg ich leise die Leiter wieder herunter.

Ich ging nach Hause.

Und direkt hoch in die Mansarde.

»Dad?«

»Ja?«

»Ich will nach Frankreich fliegen und Mom und Alabama besuchen.«

Er hob den Kopf. Er lächelte nicht, doch seine Augenwinkel kräuselten sich. »Okay«, sagte er.

»Und du sollst mitkommen.«

»Okay«, sagte er noch mal, einfach so.

* * *

Frankreich.

Ich trank Café au lait. Ich besichtigte Schlösser. Ich spazierte in französischem Mondschein an französischen Flussufern entlang. Ich verbrachte ausgedehnte Nachmittage mit Mom und Alabama mit Sonne und lavendelduftiger Brise und fernen Kirchenglocken und Gesprächen über Moms Buch.

Ich hatte mich nicht von Wink verabschiedet. Ich hatte ihr auch keinen Brief geschrieben und angerufen hatte ich auch nicht.

Schweigen.

Ich erzählte es Alabama. Ich erzählte Alabama alles. Das große Ganze. Es ging mir nicht um seinen Rat. Ich wollte mich nur mitteilen, wie Brüder das so tun.

Wir saßen im Hof hinter unserem uralten Steinhaus am Stadtrand von Lourmarin. Mom war drinnen und schrieb und Dad war bei einer Buchauktion in Avignon. Tagsüber gingen sie getrennte Wege, aber später … später wollten wir alle zusammen im Freien auf dem Marktplatz Abend essen und einen langen Spaziergang machen, bevor es dunkel wurde.

Alabama reckte die braunen Arme und band sein glattes Haar zu einem Zopf.

Ich dachte, wie wenig wir uns ähnlich sahen. Doch diesmal machte es mir nichts aus.

Ich erzählte Alabama von meinem Sommer, von dem Roman-Luck-Haus, den Unversöhnlichen, den Tarotkarten, von der *Gestalt im Abgrund* und Wink, Wink, Wink, Wink. Er sagte kein Wort. Er ließ mich ausreden.

Dann sah er mich mit seinen schwarzen Augen an. »Du hättest dich verabschieden sollen.«

»Ich weiß.«

Dann sagte er eine ganze Weile nichts mehr. Wir lauschten den Vögeln, die in den vier Zitronenbäumen zwitscherten, und tranken Espresso aus zwei kleinen bauchigen Tassen.

Schließlich gab mein Bruder einen langen leisen Pfiff von sich und schüttelte den Kopf. »Im Moment? Die Rothaarige braucht ihre Märchen. Lass sie einfach machen, Midnight.«

Ich dachte darüber nach. »So wie du Talley Jasper einfach machen lässt, meinst du das?«

Alabama grinste, lässig und träge. »Genau. Wir haben Zeit, Bruder. Wir haben alle Zeit der Welt.«

* * *

An diesem Abend sah ich ein Mädchen, das Wink ähnlich sah. Sie war klein und ihre langen Haare waren glatt, aber rot. Rot, rot, rot. Sie las ein Buch, während sie am Stadtrand von Lourmarin zwei schwarze Hündchen an den Bäumen ausführte. Die Sonne ging gerade unter.

Ich stellte mir Wink mit den schwarzen Stiefeln und dem safrangelben Kleid des Mädchens vor. Ich stellte mir Wink im Wald vor, unter bläulichen Schatten, grauem Nebel und einem dunklen Himmel. Die beiden Hunde verwandelten sich in Hexenwölfe, die ihr auf dem Fuße folgten, mit gefletschten Zähnen schnappten sie in die Luft.

Ich schloss die Augen.

Plötzlich war ich wieder im Wald am Roman-Luck-Haus.

Wink.

Ich vergrub meine Hände in ihrem Haar und fühlte, wie die dichten Locken meine Finger spreizten. Die Wölfe knurrten, doch ich beachtete sie nicht.

Wink küsste die Innenseiten meiner Handgelenke, erst rechts, dann links.

Ich seufzte.

Sie legte ihre Hand auf mein Herz.

Die Wölfe heulten.

Sie sah zu mir hoch mit grünen, grünen Augen.

»*Auf Wiedersehen, Midnight*«, sagte sie. »*Erst mal auf Wiedersehen.*«

Und dann verschwand sie mit ihren Wölfen im Nebel, verschwand, verschwand, verschwunden.

Ich öffnete die Augen.

Das französische Mädchen beobachtete mich, sie sah mir zu, wie ich mit geschlossenen Augen zwischen den Bäumen stand und von einem rothaarigen Mädchen träumte, das ewig weit weg war.

Sie lächelte mich an.

Ich lächelte zurück.

Wink

Jede Geschichte braucht einen Helden.

Die Heldin dieser Geschichte saß von Büchern umgeben auf einem Heuboden. Sie hob ihr spitzes Kinn zu den Dachbalken und schrie in die Nacht hinaus. Ihre Sommersprossen tanzten auf ihren Wangen, wie die Sterne am Himmel tanzten.

Die Heldin hat den Jungen im Wald gefunden. Er hatte dunkle Haare und Augen in zwei verschiedenen Farben. Eins blau, eins grün.

Die Heldin überlegte, ob der Junge der Schurke sein könnte.

Jede Geschichte braucht einen Schurken.

Aber …

Aber der Junge saß an einem kleinen Lagerfeuer und sah sie mit seinem blauen und seinem grünen Auge ein wenig verloren an.

Der Junge erinnerte die Heldin an Dieb … Dieb, der früher an seinem kleinen Lagerfeuer saß und alte Lieder sang, um der Einsamkeit etwas entgegenzusetzen.

Die Heldin setzte sich neben den Jungen. Er erzählte von seiner großen Liebe, dem Mädchen mit den goldenen Haaren, die ihn wegen eines tapferen Kriegers namens Roter Ritter verlassen hatte.

Die Heldin war ebenfalls von ihrer großen Liebe verlassen worden. Ihr Liebster war über Nacht davongelaufen. Er war übers Meer gefahren und lebte nun an einem Ort mit gestiefelten Katern und verwunschenen Prinzen und Ehefrauen, die von blaubärtigen Männern an den Wänden aufgehängt wurden.

Die Heldin unterhielt sich die ganze Nacht mit dem Jungen. Sie teilten sich einen knackigen roten Apfel und einen Becher Goldmilch und ein Stück Gingerbread. Und dann, als der Morgen dämmerte, baute der Junge sein Zelt ab, schenkte der Heldin ein Lächeln – ein verlässliches, echtes Lächeln – und ging nach Hause.

Die Heldin stand allein im Wald und ließ ihr rotes Haar über ihren Rücken wallen.

Sie streckte die Arme aus und spürte die kräftige Brise des Sonnenaufgangs auf ihrer Haut.

Auf einmal begriff die Heldin, dass diese Geschichte anders verlaufen würde als alle anderen Geschichten. Schwerter, Ungeheuer, Hindernisse, all das würde nicht vorkommen. Auch keine Rätsel, keine Rache, keine Auferstehung.

Aber Erlösung.

Und Liebe.

Und Leben.

Und bis ans Ende ihrer Tage.

DANKSAGUNG

Mein Dank gilt:

Jessica Garrison. Lektorin, Freundin.

Allen bei Dial und Penguin, vor allem Bri Lockhart, Kristin Smith und Colleen Conway.

Meiner unvergleichlichen Agentin Joanna Volpe. Vielen Dank für das Tarot in New Orleans und für deine Freude am *gypsy romp*.

Klindt's Booksellers.

Katharine Mary Briggs, Königin der Märchen.

Mandy Buehrlen.

Kenny Brechner.

Nova Ren Suma.

Victoria Scott, für den Feuerkreis.

Megan Shepherd – was würde ich ohne dich anfangen?

Kendare Blake, weil du mich als Küchenhexe bezeichnet hast.

Alistair Cairns und Kelly Cannon-Miller, fürs *skull-watching*.

Den Hicks-Kids.

Dad.

Nate.

DURCHGEKNALLT UND DRAMATISCH!
EIN RASANTES ROADMOVIE

Christian Klippel

Verdammt schönes Leben

320 Seiten · Gebunden
ebook
ISBN 978-3-522-20222-0

Mit einem Schuss, der sich als Fehlzündung einer Vespa entpuppt, landet Laura geradewegs im Paradies. Denn der himmelblaue Roller gehört zwei zwielichtigen, aber sehr charmanten Typen, Guido und Walter. Die drei und die Vespa, die angeblich fliegen kann, lassen sich durch den Tag treiben, baden im Meer, schlafen nachts inmitten einer Blumenwiese ... ein verdammt schönes Leben!
Als Laura feststellt, dass sie am liebsten beide Jungs küssen würde und ein brutaler Carabiniere Jagd auf die Freunde macht, bleibt ihnen nur die Flucht aus dem Paradies. Kann die Vespa wirklich fliegen?

THIENEMANN
Wir schreiben Geschichten!

www.thienemann-esslinger.de

Eine Geschichte zum Verlieben

Steven Herrick

Wir beide wussten, es war was passiert

208 Seiten · Gebunden
ISBN 978-3-522-20219-0

Sie sind ein merkwürdiges Gespann: der 16-jährige Billy und Old Bill, die sich nebeneinander in zwei alte Waggons auf dem Güterbahnhof von Bendarat einquartiert haben. Zur regelmäßigen Besucherin wird Caitlin. Billy hat eigentlich weder Old Bill noch Caitlin etwas zu bieten außer Zuneigung und Mitgefühl – doch genau damit erobert er ihre Herzen!

Eine Liebesgeschichte, die zu Herzen geht, übersetzt von Uwe-Michael Gutzschhahn.

THIENEMANN
Wir schreiben Geschichten!

www.thienemann-esslinger.de